文春文庫

うつくしい子ども

石田衣良

文藝春秋

目次

うつくしい子ども

第1章　事件の終わり

がちゃがちゃとマイクスタンドの高さを直す音がして、里見繁《さとみしげる》校長の声が響いた。

「日本は今、先がまったく見えない時代に突入しています。大人の社会では仕事や会社のあり方に人間同士のつきあい方、そして皆さんのような中学生でいえば、勉強の仕方や進路の選び方と、すべての点でこれを選んでおけば安全だ、という道が失われつつあります」

その声は月曜日の朝から元気がよくて、ぼくはちょっとうんざりした。

うちの生徒ならそれでも大丈夫といいたげな自信たっぷりのシゲジイの声。校庭の四隅に立ったポールからびんびんに降ってくる。頭にあたるとまだ眠ってる空っぽの頭蓋骨でぐわんぐわんと反響しそうな大音量。ぼくは夢見山中学の母校舎に映る生徒の列を見ていた。母校舎はガラスとコンクリートでできた大砲の弾みたいな形の五階建て。建設大臣か誰かの優秀設計賞を取ったそうだ。正面の熱線反射ガラスには、幽霊みたいに薄青い中学生四百人が映ってる。

「しかし、皆さん勇気をなくしてはいけません」

シゲジイはそこで息をきり、整列した生徒をゆっくりと視線でかきまぜる。もう五月もなかばなのにいつまで上着のしたに毛糸のベストを着ているんだろう。暑くないのかな。ぼくのまえの高羽道《たかはねみち》がおへそのあたりでつぶやいた。

「でるぞ、大航海」

高羽くんは足が不自由で車椅子に座ってるから、学級委員の長沢静《ながさわせい》についで二年三組の列の二番目。長沢くんのほっそりした標準服の背中がちょっと笑ったように見えた。

「ピンチのときはチャンスのときです。日本人のひとりひとりが、海図のない旅に乗りだす大航海時代がやってきました。私たちは宝の島を見つけるかもしれない。あるいは志なかばで嵐の海に消えるかもしれない。来たるべき厳しい航海を乗りきるために、なにより必要なのは、その人ならではのかけがえない個性と、アイディアひとつで困難な状況を根本的に変えてしまう創造力です」

高羽くんがまたいう。

「残念ながら……」

担任の遠藤美佐子先生が小声で叱った。

「ミッチー、静かに」

「残念ながら、今までの日本の教育は集団でいるのが好きな人と勉強をするのが好きな人をつくることしか考えていませんでした。私たち教師も、みんながみんな個性豊かなのかと問われたら、自信のない返事しかできないでしょう。だから力をあわせて、私たちひとりひとりのなかにある宝を探しましょう。私もいっしょに探すつもりです。それは簡単には見つからないかもしれない。けれども、探すだけでも十分価値ある宝です」

　校長先生は口元を引きしめ、夢見山のうえのまぶしい曇り空に目をやった。風がないので頭上の日の丸はだらんとたれて地面を指している。でもシゲジイの声は元気だ。

「先週末で中間試験も終わりました。期末試験はまだ遠い先の話です。一年のうちで最も素晴らしい五月の第四週が始まります。勉強にスポーツに、文化活動にボランティアに、皆さんの若い命の力をいきいきと使ってください。今週もよろしくお願いします」

「よろしくお願いします」

　校庭をかこむ新緑の木々に四百人の声が吸いこまれて、月曜日の朝礼が終わった。その場で解散。みんな仲のいい誰かと声をかけあい、それぞれの学舎にむかって歩いていく。うちの中学は母校舎を星形に取りまくように五つの学舎が建っている。三階建ての学舎はとがった屋根の高原のコテージみたいな造り。それぞれ一階が一年、二階が二年、三階が三年の教室。だからぼくら二年三組の教室は第三学舎の二階になる。母校舎と学舎を結ぶのはガラス屋根の渡り廊下。夏は温室みたいに暑いんだ。

　ぼくはミッチーの車椅子を押しながら教室にむかった。葉っぱをとって絞ったら手がびしょびしょに青くなりそうな葉桜の天井。したを通るとミッチーは毛虫毛虫と騒ぐ。だけどこの学校のサクラには毛虫なんていないんだ。管理員のおじさんがしっかりと殺虫剤をまいているから。

「よう、ジャガ、おまえ約束忘れてないよな」

いきなりうしろから声をかけられた。振りむかなくてもわかる長谷部卓《はせべたく》の声。一時間目の始まりまではまだ十五分もある。やばい。月曜の朝から絶体絶命のピンチ。

五月十八日、曇り空の月曜日午前九時、山崎邦昭《やまざきくにあき》は朝風《あさかぜ》新聞東野《とうの》支局にかかってきた電話を取った。最初のベルで飛びつくのが山崎の仕事である。

「はい、こちら東野支局」

「よう、ボーイか。夢見山署管内で小学生女児が行方不明になっているらしい。もうすぐ公開捜査に切りかわるそうなので、おって連絡をいれる」

聞き慣れた県警担当の須田淳《すだじゅん》の低い声。常陸《ひたち》県の県庁所在地である湊《みなと》市中区の県警本部七階からの電話だった。

「記者クラブの様子はどうですか」

「事件になるかどうかわからんからな。まだ落ち着いたもんだ」

受話器を置くと、デスク横のソファでライバル社の朝刊に目を通していた支局長の津《つ》野英彦《のひでひこ》が、鼻先の老眼鏡越しに山崎を見つめた。いつもの白いシャツに二十年は使いこんだネクタイの化石をさげている。

「ネタになりそうか、少年」

「わかりません。子どもの行方不明事件が、この管内で発生したそうです」

「男児か、女児か」

「女の子です」

「きみのカンでは記事になりそうかね」

「さあ……」

こんなとき大沢《おおさわ》先輩なら、うまく切り返せるんだろうな。山崎はそう思いながら童顔を無理にほころばせ、おおげさに頭をかいた。幼いころから困ったときにしてきた癖である。年の離れた末っ子だった邦昭は、その表情でいつも両親を丸めこんでいた。

「なあ、少年。私のまえでは、二度と頭をかかんでくれ」

支局長は朝刊で顔を隠していった。総勢三名の東野支局。気まずい沈黙を埋めるはずの大沢いろはは、午前中は取材に出ている。だが、朝の弱い大沢が、毎週月曜日は必ず立ち寄り取材の予定をいれることを、支局長も山崎も了解していた。

山崎は殺風景な支局をぼんやりと眺めた。白い壁に灰色のPタイル。はめ殺しの窓の外には、市役所通りのスズカケ並木が見える。日本全国どの街にもある工場で組みあげられた規格品のようなオフィスだった。

他の事務所と異なるのは四十㎡の広さの半分を、灰色のスチール書棚が占めていることとだろう。すべての全国紙に常陸県の地方紙、週刊誌に科学雑誌。増え続ける情報の山に、デスクの島は窓際に追いやられ、机のうえも大量の書類に侵食されている。壁沿いの横長机にはファックスが二台と、本社にオンラインで結ばれた出稿用のコンピュータ端末が並んでいた。部屋の角、テレビ台のうえには21インチのテレビがのせられ、一日中つけっ放しのブラウン管から今はＮＨＫの天気予報が低く流れていた。

十分後、県警記者クラブの朝風新聞ボックスから、Ａ４の広報ペラが一枚電送されてきた。大急ぎで書きとめられた横書きの文書。右肩あがりの特徴ある文字が躍っている。

女児小学生の行方不明事案

▽不明小学生の氏名　向井　香流―むかいかおる―（九歳）
　住所　東野市夢見山１４２９
　生年月日　平成元年四月二十五日
　小学校名　東野第三小学校
▽不明小学生の保護者　向井　孝明《たかあき》（四十一歳）
　職業　会社員（常陸精機勤務）
▽不明小学生の身長　百三十五センチメートル
　体型　痩せ形、肩に届く長髪はポニーテール

▽行方不明時の服装　紺地に黄色いヒマワリ柄の半袖ワンピース
素足にベージュのニューバランス・ジョギングシューズ
▽行方不明時の状況　五月十七日、午後二時頃、近くの同級生友人宅に遊びに
いくと母親にいい残し、自宅を出て消息を絶つ
▽捜索状況　県警三十人と自治会・消防団六十人で捜索中

山崎はコピーを一部取るとオリジナルをすぐ津野に渡した。支局長は縦に一度目線を走らせると山崎にいう。

「少年、大沢くんのベルを呼んでくれ。夢見山署に電話取材。熱くなってるようなら、きみがいってくれ。夕刊早版の締切までに、可能な限り情報を集める」

山崎が夢見山署広報課の短縮番号を押すのと、津野が支局長のデスクから朝風新聞湊総局を呼びだすのは、ほぼ同時だった。

九歳女児行方不明事案。月曜の朝、眠っていた支局は一片の情報で覚醒した。


「ジャガ、ちょっと顔貸せよ」

長谷部卓は勝ち誇った顔でいう。卓のうしろに第三学舎へ渡り廊下を歩いてくる体育

しまう。

なかでこいつとだけは、なぜかウマがあわない。どうしてだかわからないけど、もめて

釈する。卓は長身。スポーツもできるし頭も悪くない。顔もまあまあ。だけどクラスの

の本山《もとやま》先生が見えた。ぼくの視線に気づいた卓は、振りむくと遠くの青いジャージに会

卓の両わきには子分の西垣稔《にしがきみのる》と成瀬《なるせ》礼次《れいじ》のでこぼこコンビ。間抜けづらを並べてにゃ

にやしている。チビとアホ。もっとも西垣稔はぼくとそれほど変わらない背の高さだ。

三人はそろいの鹿島アントラーズのユニフォーム姿だった。ジーコは当然、長谷部卓。

「ミッチー、悪いけどひとりで教室に戻ってくれる？」

「いいけど……」

高羽くんは車椅子のうえで上半身をひねり、心配そうにぼくを見あげた。

「大丈夫。ちょっと話があるだけだよ」

「そうそう、おれたちはジャガに約束を守ってもらうだけだ」

高羽くんはげた箱に続くゆるやかなスロープを車輪を回しながらのぼっていく。靴を

上履きに替えるとき、ガラス越しにちらりとこちらを見た。

「さあ、いこうぜ」

長谷部卓がそういうと、でこぼこコンビが下品な笑い声をあげた。むかつく。ぼくは

三人に囲まれるように、一年の学級花壇の角を曲がり第三学舎の裏手に連れていかれた。

誰もいない砂利道。その先は奥ノ山の森に続いている。こんなことなら意地を張らなけ

ればよかった。

痛恨の「アジサイ事件」。

ことの起こりは先週土曜日の放課後。中間試験の緊張も解けたランチタイム。部活動のある生徒は、教室のあちこちで机を寄せて弁当を広げていた。ぼくが帰ろうとすると、近くの席の石上満里奈《いしがみまりな》がいった。

「ねえ、三村《みむら》くん、アジサイの花が青いのは、植えた土がアルカリ性だからだよね」

うちのクラスでは植物のことはぼくに聞けってことになってる。クラス一の美少女に急に声をかけられて、ぼくは舞いあがってしまった。あまり確かではなかったけれど、調子にのってこたえてしまう。

「そう。青いアジサイはアルカリ性の土壌から、赤いのは酸性から咲くんだ」

斜めうしろででこぼこコンビとお昼を食べていた長谷部卓がそれを聞いていた。今から考えるとどこかの本で読んで、卓はぼくのこたえが間違ってることに確信があったんじゃないだろうか。それから妙にからみだした。

「ジャガ、それ、ほんとの話か」

「そうだよ」

自信はなかったけれど、石上満里奈のまえでぼくはひっこみがつかなくなっていた。卓はばかにしたように笑う。

「じゃあ、賭けようぜ」

「いいよ、千円でどう」

「いいや、ジャガに千円くらいもらったってしょうがない。おまえが正しかったら、おれたち三人でなんでもおまえのいうことを聞くから、ジャガが間違ってたら……」

「ぼくが間違ってたら、なんだよ」

「おれのウンコ食え」

そこまでいわれて黙っているわけにはいかない。即座に断固いいかえす。

「ウンコだって、なんだって食ってやるよ。卓のがうまいとは思えないけど」

その日の午後、家に帰るとすぐに本棚から植物図鑑を取りだした。土の酸性度とアジサイの花の色の関係ははっきりしないという。アルミニウムや鉄を土に差しておくとピンクのアジサイが青に変わるなんていうのと同じで俗説だそうだ。花の色の変化は金属イオンを含む化合物が関係しているが、その仕組みはまだよくわかっていない。

目のまえが暗くなった。

そして暗黒の日曜日に続いて悲劇の朝がくる。ピンチ。まだ始業時間までは十分ある。コンクリートの冷たい壁を背にしたぼくを取りまく悪役三人。長谷部卓は笑いながら茶色のカートンの紙袋に手をいれた。ゆっくりとなにか取りだす。指先にはさまれているのは割りばしだった。赤と緑のコンビニマークいり。卓はその割りばしの袋をぼくに差しだすと、おおきく笑った。

「いくらジャガでも、手じゃ食べにくいだろうと思ってな」

悪魔のほほえみ。それから卓は透明な袋をつまみだす。スーパーなんかでよく売ってる揚げせんべいの空き袋。あれ「黄金揚げ」っていうんだ。袋の内側が油でぬめっているのを見て、胸がどきどきし始めた。せんべいの揚げかすが残った底のほうには、繊維質の切れ端がからみつく茶色の固形物。

「うまくはないかもしれないが、朝届いた新鮮なやつだ。軽くやってくれよ」

卓はまた笑う。子分のふたりは割りばしをもったぼくを、息をのんで見つめている。目をつぶってのみこんでしまえば、なんとか食べられるような気もした。だけど、そうしたらぼくのジャガイモってあだ名は卓たちに変えられるだろう。一番ましなところでクソジャガあるいはクソイモか。どっちにしても略したらただのクソだ。残り二年弱の中学生活を考えた。さよなら、みんな。

「なにをしてるの」

か細い叫びがあがって、ぼくたちは声のほうに振りむいた。学舎の角を曲がって急ぎ足で学級委員の長沢くんがやってきた。うしろには砂利に車輪をとられながら、必死で車椅子をこぐ高羽くんの姿。

卓ががっかりした顔をする。でこぼこコンビは急に不安げ。

「長谷部くん、三村くんになにをしてるの」

長沢くんの声は身体と同じように細いけど、冷たくて鋭い。まっすぐに卓を見る目には感情がまったく感じられない。

「おれたちはジャガに先週の約束を守ってもらおうと思っただけだよ。別にいじめてるわけじゃない」

「その約束が長谷部くんの排泄《はいせつ》物を、三村くんに食べさせることなのかな」

「まあな」

学級委員はちらりとぼくを見る。

「両者合意のうえでのことなら、ぼくはこの場では反対しない。ただこのまま続けるなら遠藤先生には報告をいれておくよ。長谷部くんたちの行動が、学校での生活態度や意欲の点でどう判断されるかは、先生にまかせよう」

長沢くんは淡々という。拍手したいくらいの頭のよさだった。内申書に響く観点別学習状況の最重要課題をさりげなくふたついれている。態度と意欲。抜群にテストの点がいいわけじゃない卓たちには、よく効く脅し文句のはずだ。

「長沢、これは冗談だよ。ただの冗談」

卓はぼくを薄目でにらむと背をむけて歩き去ろうとする。子分ふたりも従った。ぼくは卓の赤い背中にいった。

「忘れもんだよ。冗談の」

割りばしを頭のうえで振ってやった。卓は一瞬だけすごい顔で振りむいた。

「三村くん、調子に乗らないほうがいいよ」

救世主の声はとてもクールだ。

「おはようございます」

東野支局の曇りガラスの扉を開けて大沢いろはがあらわれたのは、午前十時半すぎだった。夕刊早版締切の十一時までわずかな時間しか残っていない。細みのライトグレイのパンツスーツに濃紺のブラウス。おおきな歩幅で歩くたびに黒いナイロンのショルダーバッグからさがったCDウォークマンのイヤホンが揺れている。ふちなしメガネの奥のくっきりした二重《ふたえ》はまだ眠たげに腫れていた。

「東野第三小のほうはどんな様子だった」

「PTA、保護者総出で昨日の夜から捜索を続けているそうです。目撃情報は一件だけ。十七日午後二時十五分頃、近くの児童遊園をひとりで歩いている姿が、同級生の母親に目撃されています。それからこれ」

大沢はB5判のコピー紙を津野に渡した。笑顔でピースサインをする女の子の顔写真のうえには「捜しています！」の文字。ワープロで打たれた本文の最後に太いマジックで女児の自宅の電話番号が黒々とうねっている。

「消える女の子はいつもかわいい子ばかりだな」

支局長が力なくつぶやくと大沢がいった。

「ボーイのほうはどうなの。夢見山署でなにかわかった」

山崎は取材ノートに目を落とした。見開き一面に水性ボールペンの殴り書きが見える。

「女児の自宅には、これまでのところ身の代金要求の電話ははいっていません。警察では事件と事故両面の可能性を考慮して捜索を続けています」

「わかった。とりあえず本社に出稿しておくか。少年頼む」

山崎は記事出稿専用のコンピュータにむかった。モニタに広がる誰も足を踏みいれたことのない雪原のような白さが、かすかな恐怖心を呼びさます。山崎はキーボードの端を人差し指と中指で三十二分音符のリズムで叩き始めた。大沢にうるさいと注意される、記事を書くまえの癖である。緊張がだんだんと高まり、最初の文字がモニタに浮かぶと、情報が引きずりだされるように続き、いつの間にか新聞記事のフォームができあがっていた。


東野市夢見山区の会社員（41）の長女（9）＝市立小三年＝が、今月十七日午後から行方不明になっており、常陸県警夢見山署は十八日、公開捜査に踏みきった。女児は十七日午後二時頃、自宅から約三百メートル離れた「同級生宅へ遊びにいく」といって、一人ででかけたあと行方がわからなくなった。夢見山署では機動隊員・自治会員ら約九十人態勢で捜索にあたっている。女児は紺地にヒマワリ柄の半袖ワンピースにベージュのジョギングシューズ姿。

山崎はプリントアウトした記事を支局長に渡した。津野は一文字ずつ拾うようにゆっくりと読みこんでいく。

「いいんじゃないか。出稿してくれ。それと女児の顔写真をファックスで送るのも忘れずに」

山崎の顔が明るくなった。リターンキーを押し、東京本社社会部に送信を終了する。

十分後、本社社会部デスクからベタ記事扱いで掲載の一報がはいった。正午すぎには夕刊早版のゲラがファックスされてくる。それは社会面隅のちいさなスペースだった。見出しは「小3女児不明　東野」と本社社会部でつけられている。

三人がかりでゲラ検を済ませると午後一時近くになっていた。大沢がいう。

「まあ、こんなもんでしょう。電話番しますから、支局長とボーイはお昼どうぞ」

「私は店屋物で済ませる。どうも嫌な気分だ」

津野はリモコンでテレビの音量をあげた。夢見山の女児行方不明事案は、NHKの午後一時の全国ニュースでは、オンエアされなかった。


六時間目の授業は、担任の遠藤先生の国語。今日のテーマは俳句の鑑賞だった。

「起立、礼、着席」

長沢くんが号令する。美佐子先生は机のしたに潜り、もってきたノートブックパソコンを電源につないだ。五月の今の時期、教室にエアコンははいっていない。ぼくは冷房は嫌いだ。明け放した窓から、ブナ林を抜けて夢見山の斜面をのぼってきた風が流れこんでくる。それで十分。先生は黒板にすらすらとチョークを使う。

二もとの梅に遅速を愛す哉
さみだれや大河を前に家二軒

「これが誰の句かわかる人？」

二十七人のクラスのほぼ全員が手をあげる。先生の左手がキーボードを走って、手をあげていない生徒をチェックしていった。

「それじゃ、西垣くん」

「はい、江戸時代の人」

卓の子分のアホは、はきはきとこたえる。

「江戸時代の誰かな」

「今、考えています」

美佐子先生は苦笑した。西垣稔は悪びれない。質問はわからなくても、学習に対する意欲と積極的な姿勢は示せたんだから。ばかみたい。

「それじゃ、この作者を知っていて、この人の他の俳句をおぼえてる人」

今度は手は三、四本しかあがらない。

「長沢くん」

「俳人は与謝蕪村。夏河を越すうれしさよ手に草履《ぞうり》」

「いいわね、それ。じゃ八住《やすみ》さん」

「岩倉の狂女恋せよ子規《ほととぎす》」

一瞬言葉につまってから、美佐子先生はいった。

「なかなかしぶいところを突いてくるね」

キーボードを叩く音が二回。長沢くんと八住はるきに得点が加算された。

八住はるきは図書委員で男みたいなショートカット。いつもジーンズをはいていて、ときどきすごく変わったことをいう。怖がって近づかない男子もいるくらいだ。顔はけっこうかわいいんだけど。

「それじゃ授業にはいりましょう。教科書の六十四ページを開いて。与謝蕪村は十八世紀の俳人で、若い頃はこの東野市のある北関東を十年間にわたって転々としていました。蕪村のふたつの句から、俳句のなかにある数詞の働きを考えてみましょう……」

いつもの六時間目が始まった。死んだふり。

放課後、ぼくは長沢くんとミッチーといっしょに帰った。今日のところはひとりで帰らないほうがいいんじゃないかと思って。母校舎のまえのサクラ並木をくぐる。長沢くんは黒い詰め襟の標準服、ぼくはカーキ色のコットンパンツに深緑のフォックスファイアの半袖Tシャツ、ミッチーは真っ赤なサマーセーターにジーンズ姿。ミッチーが車椅子から若葉の屋根を見あげていう。

「この一番はしのサクラだけ、なんか違うね」

並木のサクラにはすべて白いプラスチックのプレートが針金で掛けまわされて、同じ文字があった。ソメイヨシノA－1、ソメイヨシノA－2……。長沢くんはやれやれという顔でいう。

「ジャガ、あまり長くならないようにね」

「わかった。ソメイヨシノはオオシマザクラとエドヒガンの自然交雑種なんだ。だから木によってはどちらかの性質が強く残っているものがある。このはしっこのソメイヨシノはのこぎりみたいな鋸歯《きょし》はいっしょでも、葉は丸くて先がとがってておおきい。オオシマザクラの形質が強く出たんだと思う。桜餅に使うあの葉っぱだよ。この木は花が咲くのも十日くらい遅かったし、花自体もピンクより白に近くて、花びらもおおきかった。きっとオオシマザクラ似なんだ」

そういうとぼくは思いきりジャンプして枝の先をちぎった。光沢のある葉のあいだに赤黒い実がなっている。スーパーの輸入品フェアのブラックチェリーみたいだ。

「食用じゃないけど、食べられるよ」

ミッチーと長沢くんに渡してから、ぼくも半分かじった。すごく酸っぱくて後味がちょっと甘い。土ぼこりと乾いた春の日ざしの匂いがする。残った葉っぱは標本にしようと思ってかばんのなかにいれた。

「惜しいな、ジャガは。植物を調べるくらい勉強したら、学年で一桁になれるのに」

いつも三番以内の学級委員があきれていった。だけど植物観察だってまったく役に立たなかったわけじゃない。ぼくの成績じゃとても無理な国立大学の附属中学に、一芸入試で受かったんだから。それにぼくには好きでもないことに熱中するなんて、そんな不自然なことは考えられない。ミッチーがおどけていった。

「それでもジャガじゃあ、長沢くんや松浦《まつうら》くんにはかなわないもんね」

松浦くんは二年五組の伝説の秀才。どの試験でも一番を譲ったことがない。春の業者テストでは全国で二番だったそうだ。噂では全国一番は勉強しすぎのノイローゼで自殺しちゃったそうだから、全国何十万人の中二の実質的なトップ。でもガリ勉タイプじゃなく、剣道部でばりばりだし、学級委員もやってる。爽やかで男子にも女子にも人気がある。背は高いしニキビもない。

要するに人間は生まれつき不平等にできてるってこと。

朝風新聞東野支局のファックスに、夢見山署から追加情報を書きこんだ手書きの広報ペラが送られてきたのは、午後二時すぎだった。内容は以下の七項目である。

1. 遊びにでかけた先の同級生の名前と住所
2. 女児が日曜日家族といっしょに昼食をとってから外出したこと
3. 二時十五分の同級生母親の目撃談
4. 警察・消防・自治会・PTA・教師・保護者らで捜索にあたっているが、十八日正午の時点で手がかりが皆無なこと
5. 女児の写真・家族の実名報道に関しては、父親からの了解を得ていること
6. 警察五十人と消防など百二十人の計百七十人と捜索態勢が強化されたこと
7. 十八日三時から女児の顔写真および全身写真を夢見山署で公開すること

ファックスに目を通しながら支局長の表情がだんだんと険しくなった。厳しい声で山崎にいう。

「少年、三時から始まる夢見山署の写真公開にいってくれ」

山崎はすぐに支局を出た。夢見山署は東野市の中心部にある支局から自動車で十分ほど南の夢見山ニュータウンにある。署長の松浦慎一郎《まつうらしんいちろう》とは以前、松浦が少年課長だった頃から面識があった。二度ほど慰労会で冷えたビールをともにしたこともある。山崎は

支局の地下駐車場から市役所通りのまばらな流れに自家用車を押しだした。銀のホンダ・シビックは四枚のドア半分しかローンを済ませていない。

東野の市街地を抜けると、左右一望に水田が広がった。五月の田はまだ苗と苗のあいだに眠たげな水面をのぞかせている。山崎はラインマーカーの蛍光グリーンを思いだした。稲の命自体が風に揺れ光っているようだ。

なめらかに舗装された二車線の国道の先に、ふたこぶ状の山の稜線が近づいてきた。手まえの低いほうが夢見山、それに連なる一段小高いほうが奥ノ山である。奥ノ山の頂上をわずかにそれて送電線の鉄塔がそびえ、ゆるやかな弧を描く高圧線が彼方まで延びている。

連山を取りまいて空から平行定規で区画されたようなニュータウンが整然と広がっていた。総戸数三千五百戸、人口一万一千人。三つの小学校と二つの中学校を擁するかつての新興住宅地である。東野市は日本の科学技術振興の中心として、国家プロジェクトで生まれた「科学の街」だった。豊かな自然環境のなか四十六の国立研究機関を含む、約三百の研究所が集まっている。夢見山地区は東野市が研究学園都市に指定された昭和四十年代から急速に発達したベッドタウンだった。

標高八十メートルの山というよりは小高い丘の平らな頂には、このあたりでは名門校で知られる夢見山中学の校舎が並んでいた。山の斜面をまっすぐ貫いて一筋の白い光りが見える。住宅地と中学を結ぶ県内最長のエスカレーターで、優秀な子どもたちを日々山頂に吸いあげるガラスのストローだった。緑に囲まれたニュータウンを見おろす夢見山中学は、青ガラスの天守閣をもつ城塞のようだ。モダンな天守閣のうえには今、日ざしを透かす薄曇りの空がまぶしく広がっている。

（この街で九歳の女の子が消えたんだ）

五月の水田も模型のようなニュータウンも、女児の行方不明にはまるで無関心に見えた。

シビックは夢見山地区の北西端からニュータウンにはいった。細部ではどれひとつ同じではないのに、不思議とどの家も均一に見える規格住宅がどこまでも続いている。片側二車線のたっぷりとした道路のわきには、通りごとに別な街路樹が植えられていた。ヤナギ、スズカケ、イスノキ、ケヤキ。交差点を曲がるたびに色合いを変える緑の諧調。月曜日の午後、街を歩く人影はほとんど見あたらなかった。

三十台分ほどの駐車スペースを取った六階建ての白いビルが住宅街のなかにあらわれた。夢見山警察署である。山崎は入口そばにシビックを停めた。自動ドアのわきには携帯無線器と拳銃の革ケースを腰にさげ、警杖《けいじょう》をついた若い警察官が立っている。ごくろうさまと声をかけてドアを抜けると、山崎は一階受付で記者証を見せた。

「三時からの写真公開はどこでやるんでしょうか」

「二階の第一会議室になります」

山崎と同い年くらいの若い婦警がこたえた。まだ三十分ほど時間がある。顔見知りの捜査員に話を聞こうと三階の少年課まで、エレベーターわきの階段を駆けのぼった。途中の踊り場で階段をおりてきた松浦署長と出くわす。署長のエレベーター嫌いは署では有名な話だった。いくら疲れていても必ず駆け足で階段を使うのだ。松浦慎一郎警視正は五十代なかば、叩きあげの警察官のつねでよく日焼けしており、がっしりとした身体を肩に紺の常陸県警の肩章がついた水色の制服に包んでいた。

「ごぶさたしています。松浦署長」

「おお、山崎くん、元気でやってるか」

署長の厳しい表情が一瞬ゆるんだ。

「ええ、まあ。女児の行方不明ですけど、どうですか」

「いやあ、事件か事故かまだわからんなあ」

そういうと階段を駆けおりていく。山崎は遠ざかる背中に呼びかけた。

「がんばってください。また顔出します」

おうという署長の声が階段室のしたから響き、山崎は開け放してある少年課のドアを抜けた。部屋のなかには顔見知りの捜査員の姿は見えなかった。それでもねばって何人かに取材を試みたが、女児行方不明事案では新しい情報を引きだすことはできなかった。

三時ちょうどから始まった写真公開でも追加情報は出なかった。広報課長がすでにマスコミに流されているペラを読みあげ、不明女児の顔写真と全身写真の複製を記者たちに配っただけである。写真公開は二十分たらずで終了する。山崎は会議室の面々を見渡した。全国紙四紙、地元紙二紙、それに通信社一社の計七名。まだビデオカメラははいっていない。

インテリ風、体育会系、ややナンパ……。不思議なものでどの社の記者にも独特なカラーがあり、誰がどこの所属かはこの世界にはいって三年目の山崎にさえ、間違いなくあてられそうだ。

午後四時まえ山崎は東野支局に戻った。津野は届き始めた他紙の夕刊に目を通している。山崎も他紙の社会面を見て、ようやくひと息ついた。東野の女児行方不明についてはニ紙がベタ記事扱いでちいさく報道しているだけだった。事件の詳細も女児の顔写真も掲載してはいない。とりあえずスクープを抜かれることはなかった。

午後六時、朝からの曇り空が夕日に赤黒く腫れあがる頃、夢見山署から第三の広報ペラが東野支局に送られてきた。女児行方不明事案は有力情報、捜索ともに進展なし。


夢見山エスカレーターのおり口で長沢くんとミッチーと別れ、ぼくは家に帰った。いつもならニュータウンを歩いている人なんてぜんぜんいないんだけど、その日は街角のところどころにチラシをもったおばさんとお年寄りが立っている。夢見山南の児童遊園を抜けると、紺のつなぎの機動隊員が長い棒で植えこみをつついていた。昨日の夜、かあさんが騒いでいた行方不明の女の子を思いだす。テレビアニメの誘拐事件は楽しいけど、現実だとなんだか嫌な感じ。

　ぼくの家は夢見山の千番台。ニュータウンの住人ならそれだけでわかる南西地区だ。おおきな会社の社員や公的な機関の研究者なんかが多い街で、ゆとりのある一戸建てが並んでいる。誰もいないベニバナトチノキの通りを歩き、家に着いた。うちはセラミック外壁の白い家。全体がうっすらほこりっぽい。窓にはそろいの白いレースカーテン。屋根つきの駐車場は今は空っぽで、奥におんぼろスケートボードとマウンテンバイクが二台立てかけてある。

　唐草模様の葉っぱの筋に埃がたまった白い鉄製の門を開けて玄関へ。ぼくの足でちょうど七歩。白いドアのわきにあるオリーブの木の鉢植えをさぐってみる。鍵はなかった。ドアノブに手をかけると玄関に鍵はかかっていなかった。あがりかまちには弟の和枝《かずし》のナイキが転がっていた。新品だったはずなのにもう泥だらけ。きれい好きなカズシにしてはめずらしい。

　玄関をあがり、右手の板張りのリビングを抜けてダイニングキッチンへ。誰もいない。白っぽいパイン材のテーブルにはかあさんの置き手紙があった。

　幹生《みきお》くん、和枝くん、お帰りなさい
　瑞葉《みずは》の撮影が終わりしだい戻ります。そう遅くはならないと思うけど、晩ご飯の時間までに帰らなかったら、冷蔵庫の料理を電子レンジで温めて食べてください。おやつのガナッシュもはいっています。食べるまえに手を洗うように。ミキオは顔を洗うのも忘れないでね。

ミドリ♡♡

ダブルのハートマークだって。もう四十をすぎているのにあきれる。ぼくは冷蔵庫からチョコレートケーキを出して二口で片づけた。もちろん手なんて洗わない。それからカバンをリビングのソファに投げると玄関の左手にある洗面所にいった。顔は洗わなくちゃいけない。

鏡を見る。一日三回殺菌効果のある洗顔石けんで洗っているのに、ぼくのニキビはちっともなくならない。とうさんは新陳代謝の盛んな若さの証明だというけれど、ジャガのあだ名の元はこのぶつぶつの頬なんだ。カズシもミズハも薬用石けんなど使わなくても、肌はぴかぴかしてる。顔のデザインもいい。したのふたりは派手な顔だちのかあさん似で、ぼくは地味な父親似。五年くらいまえのレトルトシチューのCMをおぼえてるだろうか。

「肉がでっかい、実がでっかい」ってコピーで、ちいさな女の子が牛肉の固まりを口に無理やり押しこむやつ。けっこう話題になったからおぼえてる人も多いと思う。あれをやったのがミズハだ。

妹は八歳で東野第三小の三年生。今日は小学校を休んで、どこかの貸スタジオで地元のスーパーのチラシモデルかなんかをやってる。とうさんの転勤で東京から離れてかあさんは残念みたいだ。ミズハには才能があるとかあさんはいう。妹はカメラマンにほめられるとその表情をすぐにおぼえて、何度でも同じ顔ができるんだそうだ。だから撮影をするたびに表情の引き出しがどんどん増えていく。ミズハが売れっ子になるまでは、かあさんはカズシのステージママをやっていた。妹と弟は同じモデル事務所の所属。ミズハの仕事が急に増えて、かあさんが妹にばかりつくようになると、もともとモデルの仕事など好きではなかったカズシは事務所をやめてしまった。

ぼくはモデル事務所のオーディションにさえ連れていかれたことがない。ミズハやカズシのようなうつくしい子どもじゃないから。ぼくはおぼえている。かあさんは妹と弟がちいさなころ、ふたりのほっぺたにキスしながらよくいっていた。

「この子はうつくしい子どもだわ、おおきくなったら、きっときれいでかしこい人間になる」

ぼくはそんなふうにいわれたことはない。

ジャガイモ。あだ名がその人をぴたりと表現することがあるよね。ごつごつしてざらざらで丈夫な泥つきのイモ。そのイモがぼくだ。原産は南アメリカ。アイルランドやプロシアで人々を飢饉から救った作物。でも、今の日本じゃそういうのはお呼びじゃない。お菓子になったポテトは好きでも、泥つきが好きなんて人はいない。

ぼくは石けんで顔を洗い、余り物の試供品の化粧水で頬を叩くと、二階の自分の部屋にあがった。廊下のつきあたりのドアはカズシが小学校六年のときにフィルムを貼ってしまって今は真っ黒。占い師の家の扉みたい。暗黒の宇宙に点々と散る銀の星。

「カズシ、ただいま」

ぼくはいちおう声をかけた。カズシはひとつしたの夢見山中学校一年生。いつも通り返事はなかった。黒いドアの奥から映画のサウンドトラックが低く流れるだけ。またビデオでも見ているんだろう。SFかホラーのビデオ。カズシはリドリー・スコットやデビッド・リンチが好きだ。窓に遮光カーテンをひき、壁には黒いベルベットの布を掛けまわし、いつもひとりでビデオを見ている。変わり者。

でも、人と変わっているところを個性っていうんだよね。


公開捜査から一夜明けた十九日火曜日の朝、山崎はいつものように午前八時すぎに東野支局に着いた。支局の鍵を開け、コピー機の電源をいれるのは、いつもなら山崎の仕事なのだが、その朝はすでに支局長の津野がすべてを済ませていた。

「おはようございます。今日は早いですね」

「あの子のことが気になってな」

ホワイトボードに貼られた尋ね人のチラシにあごをしゃくる。山崎がその日最初のコーヒーを狭い給湯室で淹《い》れていると、支局の電話がけたたましく鳴った。津野が取る。

「朝風新聞東野支局」

「県警広報です。夢見山署管内で子どもの遺体が発見されました」

「えっ……はい、どうぞ」

常陸県警記者クラブではおおきな事件が発生したときに備え、県警広報課から報道各社へ第一報を伝える緊急連絡網をつくっている。その月の記者クラブ幹事社が県警広報からの連絡を受け、各社に情報を回送する仕組みで、朝風新聞は五月の当番にあたっていた。

「遺体の発見時刻は十九日午前八時。場所は夢見山区奥ノ山山頂近くにある東野市自然保護課の用具小屋。自然保護員が奥ノ山森林の手入れのため用具小屋を開け、遺体を発見しました。発見者は岩崎佳丈《いわさきよしたけ》三十七歳と桂治美《かつらはるみ》二十六歳の二名」

県警の広報課員はメモを読みあげるように、淡々と状況を説明する。津野の右手の2B鉛筆は再生紙のうえを休みなく走り、広報ペラのフォームをつくりあげていった。津野はいらだたしげにいう。

「それは行方不明の女児ですか」

「残念ながら、不明女児の遺体と思われます」

津野の全身に鳥肌が立ち、頭のなかが一瞬真っ白になった。おおきな事件に遭遇するたびに襲われるなじみの反応である。二十年を越える記者生活で大抵のことには慣れたが、この一瞬だけは何度繰り返しても慣れることがない。新鮮な衝撃に身体中のよどみがぬぐい去られ、肌の表さえひりひりと感じられる。津野はメモを山崎に差しだした。指先はまっすぐに伸びている。

「これを報道各社にファックスしてくれ。電話での一報も頼む。終わったら少年も現場だ」

勢いこんでいうと津野は朝風新聞湊総局の短縮を押した。受付に日比野《ひびの》義典《よしのり》総局長に取次いでもらう。

「はいはい、津野くんか。なにかあったの」

公家さんと陰で呼ばれるのんびりした総局長の声が流れだした。

「行方不明女児の遺体が発見されました。見つかったのは夢見山中学の裏山です」

日比野が電話のむこうで絶句する。

「増援願います。総局長のほうから本社の社会部に連絡をいれてもらえませんか。総局の報道写真部もこっちにまわしてください。それから、ヘリコプターの出動依頼もお願いします」

「わかった。本社には夕刊をたっぷり空けておくようにいっておく。県警キャップの宮《みや》島《じま》と大植《おおうえ》、吉見《よしみ》を現場にむかわせる、使ってくれ」

「こちらでは大沢くんを女児の自宅に、少年を現場にやりますから、そちらでもうひとり女児が通っていた市立小学校へまわしてくれませんか」

「了解した。手のすいてるやつ……おい、八木《やぎ》、仕事だ。津野くん、彼をまわす」

「わかりました。追加情報が取れしだい一報します」

津野はフックを押して電話を切ると大沢のポケットベルを呼びだした。折り返し支局の電話が鳴る。

「大沢くんか、今どこだ」

「支局にむかう途中です」

「行方不明女児の遺体が見つかった。きみはその足で女児の自宅にむかってくれ。住所はわかるな。両親と近所の住民のコメント。それに警察のものより鮮明な顔写真が一枚手にはいるとありがたい」

「わかりました」

津野はようやくひと息ついた。そのころ山崎も報道各社への電話連絡を済ませたところである。ネクタイをゆるめて、津野が山崎にいう。

「悪い予感だけあたるもんだな。少年、今他社よりうちが半歩ばかりリードしてる。現場からぴちぴちした新鮮な雑感を送ってくれ。まだこの事件は生まれたばかりだ。先入観をもたずに、すべてを感じてこい」

「はい」

冷めてしまった朝一番のコーヒーを一気に飲みほすと、山崎はすぐに支局を出た。シビックを飛ばし現場にむかう。昨日と同じ道を通った。緑に揺れる水田を貫き黒く輝くアスファルト、整然と並ぶニュータウンの中央には新緑の夢見山。昨日と違うのは天候だけだった。今朝はわずかに白く濁った五月の青空がどこまでも広がっている。のどかでうつくしい田園の風景だった。

山崎はハンドルを握りながら、身長百三十五センチの少女の遺体を考えた。アーーッ。ひとりきりの自動車のなかで思わず叫び声をあげる。わけのわからない黒い手を腹のなかに突きこまれたような気分だった。幼い遺体、春の光り、始まったばかりの事件。初動の対処が最重要なのは捜査でも報道でも同じである。どんな事件でも起きたその瞬間から、情報は、絶え間なく劣化していく。時間がたてば人々の記憶は強度と新鮮さを失い、報道や噂などの二次情報が直接の目撃談をはじめとする肝心の一次情報に逆作用するようになる。まだ誰も触れていない新鮮な現場の言葉が、なにより大切なのだった。鮮度の高い情報をつかみ、いち早く報道する。それが山崎の仕事で、この場合仕事をよく果たすことが、結局少女の弔《とむら》い合戦の役にも立つ。山崎はそう信じた。単純かもしれない。だが子どもの殺人事件では、そうでも思いこまねばやっていられないことも多いのだった。現場は悲嘆に満ちている。

午前九時すぎ、山崎のシビックは事件現場にむかう国道の二キロほど手まえで渋滞に巻きこまれた。通常なら夢見山にむかう途中で渋滞など考えられない。警察による検問だった。水田のなかに張りだした駐車場に一台ずつ自動車が止められ、免許証やトランクのチェックを受けている。赤いパイロンが並ぶ検問の先頭まで、まだ数十台の列が伸びていた。一本道で脇道もない。山崎はシビックをおりると側道を走りだした。検問の警察官に記者証と朝風新聞の社旗を見せる。

「報道です。先に通してもらえませんか」

「できません」

あとはなにをいっても、硬い表情の警察官は首を横に振るだけだった。諦めた山崎はシビックに戻り、社旗をフロントガラスから見える場所に置くと側道に駐車した。コンパクトカメラを肩に、水田を抜ける国道を走りだす。事件現場を目のまえにこんなところで足止めをくうわけにはいかなかった。

伸び盛りの苗が風にそよぎ、水田に薄緑の波が走る。山崎にとっては久々の運動だった。五月の爽やかな風が肺の隅々まで冷たく満たす。後方からの爆音で空を見あげると、ヘリコプターが夢見山の方角へ軽々と空を滑り、山崎を抜き去っていった。

ショルダーバッグを肩に斜めに掛け直すと、山崎は蹴り足に力をこめた。

ぼくが最初にそのニュースを聞いたのは同じクラスの舛田《ますだ》恒之《つねゆき》からだった。舛田くんは太っていていつも汗をかいている。その朝は晴れて、五月だから蒸してもいなかったけれど、マスブーは登校の途中なのにもうタオルを首に巻いている。

「ねえ、ジャガ聞いた？　奥ノ山で行方不明の女の子の死体が見つかったらしいよ」

「ほんと？」

びっくりする。奥ノ山は子どもの頃からの遊び場だ。

「うん、うちの親、自治会の役員やってるから、電話連絡がまわってきた」

なんていえばいいのかわからなかった。行方不明の女の子は妹のミズハと同じ東野第三小の三年生。まだ九歳だったんだ。もし殺されたのがミズハだったらと思うと、気持ちが悪くなる。

あたりを見まわすとなにかひそひそ話しながら、夢見山のほうへむかう人の流れができているみたいだった。エスカレーターまえの広場は大勢の立ち話でざわざわしてる。サンダルばきの主婦やお年寄りがたくさん。

アルミの極細パイプとガラスでできたとんぼの羽みたいなエスカレーターのゲートわきには、警察官がふたり立っていた。ぼくたちが夢見山中学の生徒とわかると、片方がうなずいて通してくれた。全長百二十メートル、ガラス屋根つきのエスカレーターは学校のある山頂まで続いている。広場に立ったまま夢見山のほうを不安げに見あげるたくさんの人たちを離れて、ぼくたちはぐんぐんと高度をあげていった。

このエスカレーターは中腹の平らなところでは水平の動く歩道になる。マスブーはそこからだらだらと歩き始めると、かばんからミネラルウォーターのペットボトルを出してひと口やった。タオルで口をぬぐい、ついでに首の裏までふいていう。

「やっぱり夜の王子がやったのかな」

　ぼくは首を横に振った。

「あんなのどっかの子どもの冗談だよ。ほんとに人を殺したりできるはずがない」

　そういうとぼくはエスカレーターわきのガラスブロックを見た。もうきれいに消されているが、以前はそのあたりに夜の王子～PRINCE　OF　THE　NIGHTのいたずら書きが残っていた。

　夜の王子は夢見山の子どもたちの伝説だ。『学校の怪談』や『トイレの花子さん』がはやった頃、あちこちにその銀のスプレー缶のサインが残るようになった。ぼくのいってた東野第三小でも、真夜中にガラスが全部叩き割られた職員室にそのサインが残っていたことがある。夢見山中学では誰かがウサギを皆殺しにした飼育小屋に、奥ノ山では何年かまえから続いてる不審な山火事や木の伐採跡に、そのサインが残っていた。ウサギの血で文字を書いたり、若葉にスプレーをかけたりするなんて、ほんとにいかれてる。

　でも、なかには夜の王子がかっこいいなんていうやつもいる。悪のヒーローなんだそうだ。マンガの読みすぎ。なぜ、熱血植物観察マンガがないんだろうか。

　火曜日の一時間目は自習になった。先生たちが集まり職員会議で事件への対応を協議したらしい。二時間目からいつも通り始まったが、午後の授業は打ちきりになった。無理もない。すぐ裏の奥ノ山の上空を十機以上のヘリコプターが飛びまわり、やかましくておしゃべりもできない。窓が閉めきられたせいで教室には今年初めて冷房がはいった。寒くてしょうがなかった。給食（好物のクロワッサンサンドにシーザーサラダとチーズいりスクランブルエッグ、メインは鮭のポワレでデザートはかぼちゃのプリン）のあと、体育館で全校集会があった。重苦しい雰囲気の生徒をまえに里見校長はいう。

「本日、たいへん悲しい事件が起こりました。午後は各自自宅での自習にします。六時間目の終わる三時十分までは、出歩いてはいけません。帰りは班ごとに分かれて集団下校してください。マスコミの人になにか聞かれたら、まず礼儀正しくすること。それから、あまり無駄なことをしゃべってはいけません」

さすがのシゲジイも緊張しているみたいだった。こんなとき創造力があって個性的な人はなにをするんだろうか。それとも緊急のときには個性はひっこめたりするものなんだろうか。列を組んだまま教室に帰る途中、杉崎成美《すぎさきなるみ》がハンカチで目を押さえた。ヴィジュアル系のバンドの追っかけなんかやっててミーハーなのに、意外と涙もろい。つられて地黒の糸屋《いとや》麗《れい》と陸上中距離の選手で男まさりの佐伯《さえき》真弓《まゆみ》が泣きだした。涙は伝染して、クラスの女子の何人かが泣いてしまう。別に亡くなった女の子と知り合いだったわけでもないのになと、ぼくは思った。五月の光りが跳ねかえるガラスの渡り廊下を、鼻水をすすりながら歩く女子の姿はなんだか異様だった。卓とその他二名の三バカトリオが、女子をからかっている。ぼくは八住はるきと目があった。

「私は泣かないよ」

ぼそっというと、はるきは夢見山の森に不機嫌そうに目をやる。ふくれ面。ぼくに怒らなくたっていいじゃないか。


午前九時二十分、山崎は夢見山エスカレーターまえの広場に到着した。シャツの背は汗で透けている。大勢の人だかり。警察官に朝風新聞記者証を見せる。エスカレーターに乗りこもうとすると警察官は首を横に振った。

「なぜこんな手まえから立入禁止になってるんですか」

「このエスカレーターは夢見山中学の校内です。生徒の動揺を抑えるため、校長から生徒以外の利用を今日は止められています」

見あげるとガラスの管のなかを金属質に光るステップがどこまでも上昇していた。登校時間をすぎてエスカレーターはまったくの無人である。

「じゃあ、奥ノ山は立入禁止じゃないんですね」

「そういう話は聞いていません」

山崎は周辺を見まわした。湊総局の記者はもちろん、他社の記者の顔もまだ見あたらない。この場の住民の声を拾いたかったが、それより事件現場のほうが先だ。この調子なら現場に一番乗りできるかもしれない。山崎は別なのぼり口を探して、奥ノ山にむかった。

最初に目についた登山口を山崎は駆けあがった。階段もなく舗装されてはいないが、生い茂る雑草のなかに踏み固められた土の道が続いている。奥ノ山の斜面にかかると、急にあたりが暗くなり肌寒さを感じた。森にはいったようだ。地上二十メートルほどの高さに厚い緑の天幕をかぶせたように細かなブナの若葉が密生している。太陽の光りは地上にはほとんど届かなかった。

さらにすすむと道は二手に分かれた。山崎は頂上へ早く着けるだろうと、傾斜のきついけもの道を選んだ。背よりも高いササの茂みを抜ける一本道だった。草いきれで肺が青く染まりそうだ。茂みのあちこちに散らばるコンビニのビニール袋や即席麵のカップの白さが山崎の目を打った。二十メートルも分けいると巨大なササの茂みの中心で道は尽きていた。古畳が四枚、ササを潰して広がっている。緑の壁に囲まれた秘密の空間。雨で腐った畳は片足だけに体重をかけると踏み抜いてしまいそうだ。くすんで灰色になった落書きが畳の表に残っていた。夜の王子。目をあげるとササの枝に黒い同心円が印刷されたエアガンの標的が針金でつるされている。標的のはじは黒く焦げ、横の茂みにはボヤの跡が残っていた。古畳のまわりには空き缶やポテトチップの袋、雨にふやけた成人雑誌が投げ捨てられている。公園のごみ箱でものぞいたようだった。

秘密基地ごっこ。山崎も子どものころよく遊んだおぼえがある。だが、この基地の投げやりで暗い雰囲気は山崎ののどかな思い出とはひどく違和感があった。先ほどの分岐点まで、山崎は急いで引き返した。再び斜面をのぼり始める。ゆるやかなジグザグを描いて高度をあげていく山道の何度目かの折り返しで、なにかが緑のなかきらりと光ったように見えた。小道をそれて林のなかにはいる。鬱蒼《うっそう》とした木々のなかに空き地が開け、朝の陽光がまっすぐに降っていた。空を見あげると緑の天幕に穴があいている。ひび割れた巨大なブナの風倒木《ふうとうぼく》が空き地を斜めによぎっていた。

おかしな光りだな、まるであたり一面が発光しているみたいだ。山崎は空き地に足を踏みいれた。足元から澄んだ音が聞こえる。

ガラスの触れあう音！

光っているのは地面だった。森のなかの空き地一面に無数の破片が飛び散ってガラスの原になっている。緑、青、茶、そしてほとんどは無色透明なガラスのかけら。瓶にして数百本分はあるだろうか、大量のガラス片が朝の光りを受け、森のなかきらきらと乱反射を繰り返していた。

「いったい、この山はどうなってんだ」

思わず漏らしたひとり言は悲鳴に近かった。黙々とガラス瓶を割り続ける黒い影を想像して寒けに襲われる。山崎は元の道に引き返し、今度は脇目もふらずに頂をめざした。事件現場に早く到着したいのか、誰か他の人間がいる場所に逃れたいのか、急ぎ足の理由は自分でもわからなくなっていた。

山頂に近づくと傾斜がゆるやかになった。周囲に人の気配が満ちる。二メートルほどの間隔を置いて、下生えを警杖で探りながらゆっくりとこちらにむかってくる機動隊員の列を見かけ、山崎はようやくひと心地ついた。記者証を頭上にかかげ、呼びかける。

「朝風新聞です。現場はどっちですか」

隊員のひとりが警杖の先でのぼり坂のうえを指した。山崎はコンパクトカメラで隊員を何枚かおさえると、ヘリコプターの爆音が響く森のなか、山頂に通じる最後の坂を駆けのぼった。

奥ノ山の頂は三十メートル四方ほどの平地だった。白っぽいブナの幹が点々と垂直に空に伸びている。あちこちに制服姿の捜査員が見えた。ざっと数えただけでも二十名近くいるだろう。紺の制服の背には白い刺繍で常陸県警とはいっているのを確認できた。山崎は事件現場に近づいていった。新緑の木々のなか金網のフェンスで囲まれた変電施設が山頂の一方に見える。フェンスの外に隣接して、斜面に突きだすようにログキャビン風の小屋が建っていた。建築用の青いビニールシートでところどころ目隠しされた交番ほどのおおきさの木造家屋である。そのあたりで捜査員の動きが激しかった。事件現場の東野市自然保護課の用具小屋に違いない。

小屋の手まえ十メートルほどのところに黄色いロープが張られ、立入禁止の札がさがっていた。山崎は夢中になって青いシートのすき間を狙い用具小屋の写真を撮った。裏手にまわり斜面のしたからも撮影する。ロープは裏側にも張られており、薄暗い小屋の床下にも三名ほどの鑑識課員が潜りこんでいた。

山崎は小屋の正面に戻ると、夢見山署の知りあいの顔を探した。ひとことでも捜査員の言葉が欲しかった。変電施設のそばで広報課の須《す》藤《どう》博司《ひろし》警部補の姿を見つける。ついてる。昇進祝いの夜、山崎は隣町のカラオケスナックで須藤の渋いのどを聞いたことがある。勢いこんで須藤のもとに走ると山崎はいった。

「おはようございます。須藤さん、ひどい事件ですね」

「そうだな。しかし、早いね。あんたが一番乗りだよ」

「なにか犯人につながるものは見つかりましたか」

「どうかな」

須藤は苦しい表情で返す。あとは山崎がなにを聞いても、まだわからない、今調べているとのらりくらりと逃げるだけだった。山崎の印象に残ったのは、ふざけた事件だという須藤の言葉だけである。そのときだけ本気の憤りがのぞいているように聞こえた。なにかが現場に残っていたようだ。それがなんであるのか山崎にはわからなかったが。それにしても警察はなぜいつも事件や現場を隠そうとするのか、心の隅に芽生えた怒りを押し殺し、山崎は別な捜査員に話を聞きにむかった。

実りのすくない取材を続けていると、ようやく他の新聞社の記者が数名現場にあらわれた。カメラマンも連れている。つぎはどうするかと山崎が迷っていると、ショルダーバッグのなかでポケットベルが鳴った。液晶の窓を確認する。東野支局からの呼びだしだった。山崎はとりあえず携帯電話を支局にかけた。すぐに津野がでる。

「少年か、今どこか」

「まだ現場にいます。奥ノ山から携帯でかけてます」

「わかった。近くの公衆電話からかけ直してくれ。つぎの仕事だ」

山崎は携帯を切ると、最後にもう一度事件現場の山頂を見渡した。今ではマスコミ関係者と捜査員の数は同じくらいになっている。ヘリコプターの爆音が緑の屋根を抜けてあたりに轟《とどろ》いていた。九歳女児の遺体が発見された現場という言葉が想像させる陰惨な雰囲気などまるでなかった。どちらかといえばのんびりしている。どこかの工場の裏山を職員総出で草取りでもしているような雰囲気だった。新緑の五月という季節のせいかもしれない。

山崎は変電施設の裏手にコンクリートの階段を見つけると奥ノ山を駆けおりた。どうりで先ほどは誰にも出会わなかったわけだ。こちらの階段口は休日のデパートのエスカレーターのような混雑である。けもの道をのぼるときには二十分以上かかったのに、今度は五分ほどでニュータウンに戻ってしまう。暗い森と整然と建て売り住宅の並ぶ清潔な街をへだてるのは二車線の道路一本だけ。あまりの落差にめまいが起こりそうだった。

山崎は最初に目についた電話ボックスから東野支局に電話をいれた。新聞社では盗聴を恐れ、重要情報のやりとりでは携帯電話を使用しないことが今も多い。おおきな事件に遭遇し、張りを戻した津野の声が受話器から流れてくる。

「十一時から夢見山署で記者会見がある。少年いってくれ。それじゃ、現場の雑感を送ってもらおうか」

山崎はメモを見ながら事件現場の状況を話した。補足として、迷いこんだ奥ノ山中腹の荒廃した雰囲気を伝える。津野には現場よりも奥ノ山のほうが強い印象を残したようだった。質問の数が多くなる。

「なんとも不気味な山だな」

現場の写真をおさえたと聞くと、津野は朝風新聞の記者をつかまえフィルムを支局に届けさせるようにいう。うなずきながら山崎は公衆電話を切った。そこで突然、二キロも離れた国道にシビックを置いてきたことを思いだす。最初のランニングと奥ノ山ののぼりおりで、運動不足の太ももはすでにぱんぱんに張っている。昼間は人影もないニュータウンを流しているタクシーなどあるはずもない。

腕時計を見るとすでに十時半近くになっていた。時間がなかった。シビックを拾いに戻るのを諦めた山崎は両ももに張り手で活をいれると、無人の夢見山ニュータウンを足取り重く走り始めた。

その日の午後ユメ中から帰ると、カズシもミズハも家に戻っていた。カズシはリビングの36インチのワイドテレビのまえに腰をおろし、つぎつぎとリモコンでチャンネルを切り替えながら、奥ノ山事件を追いかけていた。丸まった背中に毛先があちこちに跳ねた長髪。ジーンズのウエストからたれている布ベルトの先を、右手の親指に何度も巻きつけてはほどいている。

テレビ画面に亡くなった女の子の顔と、警察官でいっぱいの用具小屋が何度も映しだされた。どの局のアナウンサーも沈痛な声を装っている。ソファに座っているぼくたちにはほとんど画面は見えなかったけれど、かあさんがいった。

「カズシ、いい加減にそのニュースはやめて。ミズハもいるのよ」

弟はゆっくりと振りむいた。人形のような感情のない視線でかあさんを見る。またむこうの世界にいっているみたいだった。カズシはときどき、そんなふうになることがある。

カズシはむっとした素振りも見せずに、しばらくかあさんをじっと見つめてから、テレビのリモコンを操作した。画面はばかみたいな恋愛ドラマの再放送に切りかわった。かあさんは困った表情を浮かべている。カズシは黙ったまま立ちあがると、自分の部屋にいってしまった。静かに階段をのぼる音がリビングの壁のむこうから聞こえてくる。

「なあに、あれ。ねえ、ミズハ、おやつでも食べようか」

妹はかあさんの機嫌を直そうとすごく明るい返事をする。ぼくもおやつを待たずに自分の部屋にいった。気分転換にブナ林の四季を植物図鑑で眺めることにした。

午前十一時五分まえ、山崎は管轄の夢見山署に駆けつけた。記者会見場は昨日と同じ二階の第一会議室だった。部屋にはいるとすでに報道各社の記者がいっぱいで、五列並んだ折りたたみテーブルは埋まっていた。空いた席にもノートやバッグなどが置かれている。奥の壁際にはビデオカメラが七台。照明の熱で室内は炎天下の暑さである。混雑のなか湊総局の捜査一課担当、吉見の顔を見つけると山崎は隣の席に割りこませてもらった。

十一時、会議室に松浦署長と常陸県警捜査一課長・堀重則《ほりしげのり》があらわれ席についた。遺体発見からちょうど三時間後、記者会見が始まった。

「事件名、東野市夢見山区における女児小学生殺人並びに死体遺棄事件」

五十代前半の署長と同年輩の堀捜査一課長が、マイクのまえで一語ずつ言葉を区切るように読みあげた。発見の状況や女児不明の経過などすでに広報ペラで明らかなことを除いては、詳しい内容のない記者会見だった。出席した記者からも、それほど突っこんだ質問はあがらなかった。遺体発見直後では無理もない。淡々とした会見が終わりに近づいた頃、課長がいった。

「現場の壁に銀のスプレーでサインが残っていました」

その場にいた数十人の身体が、一瞬で硬直するのが山崎にもわかった。

どこかの記者が勢いこんで質問した。

「なんて書いてあったんですか」

「夜の王子。それから英文でPRINCE　OF　THE　NIGHTとありました。そして言葉がひとつ」

堀課長はそこで書面から目をあげると記者席を凝視した。

「残された言葉は、『これが最後ではない』」

「すみません、もう一度」

記者会見場は騒然となった。堀課長は立ちあがると背後のホワイトボードにサインを書きだした。横書きの邦文のしたに流れるような筆記体の英文。さらに予告のメッセージ。なぜ、わざわざ筆跡の残る手書きの文字を残したんだろう、メモを取りながら山崎は不思議に思った。まともな大人のやることとは思えない。

記者会見終了後、山崎は吉見と情報のすりあわせをした。捜査一課からの情報はまだほとんどはいっていない。そのまま会議室に残り、取材ノートに原稿をまとめていく。夢見山署一階ロビーの公衆電話は原稿を送る記者でいっぱいだった。山崎は再び電話を探しに、春の日ざしがあふれるニュータウンに飛びだした。まだなんとか夕刊早版の締切に間にあうかもしれない。建て売り住宅の屋根の波のむこうに夢見山の稜線が見えた。うずくまる巨大な緑の獣の上空を、たくさんのヘリコプターが旋回している。

捜査本部が設置され、いくら記事を書いても、山崎にはまだこの事件がなぜか幻のように感じられた。行方不明になった女の子はあの暗い森のなか、今もひとりで遊んでいるのではないだろうか。

山崎は紺地に黄色いヒマワリが散ったワンピースが、ブナの白い幹に消える姿が見えるような気がした。

夕食は遺体で発見された女の子の話でもちきりになった。その子は一年生二年生とミズハと同じクラスだったという。妹によると自分のつぎにかわいい子だったそうだ。

「なんでこんなに静かな街で、あんな事件が起こるのかしらね」

かあさんはたっぷりと感情をこめていう。若い頃アマチュア劇団にいてそんな癖がついたんだそうだ。ちょっとうっとうしい。

「しょうがないんじゃない。こんなうわべだけの街」

カズシはいつも通りクールだ。週末を除いてうちの晩ご飯にとうさんはいない。とうさんは常陸マテリアルという会社で研究員をやっている。新素材の開発が仕事で、地味でも研究者には厳しいノルマがあるんだそうだ。

その夜のおかずはハンバーグ。つけあわせはミックスベジタブルにポテトフライ。スープはビシソワーズ。ハンバーグだけ自家製であとはスーパーで買ったやつ。カズシにいわせるとかあさんのつくった料理より、買ったやつのほうがうまいという。半分は賛成だ。

「ミズハねえ、明日から集団登校なんだよ」

うれしそうにミズハがいう。カズシはちらりと妹を見ると目をそらした。

「そうそう、忘れてた」

そういうとかあさんはダイニングチェアにさげたトートバッグから四角い包みを取りだす。妹に渡した。ミズハの歓声。なんていうか、妹は母親似でわざとらしいんだ。カズシは目をあげもせずに、皿のハンバーグをつついている。

包みを開けるとなかからハート形のピンクのペンダントが出てきた。ミズハは大喜びで首にかける。

「あと三日したら防犯協会で貸してくれるってPTAで聞いたけど、どうせなら早いほうがいいでしょ。それにああいうところのってかっこ悪いから」

ミズハは防犯ベルが気にいったらしく、その夜は晩ご飯のあいだずっと首にかけたままだった。かあさんがいった。

「首飾りみたいでよく似あってる。かわいいなあ、ミズハ姫は。それにしても夜の王子ってなんだろうね。ふざけてるのかしら」

ぼくもそれは夕刊で見た。不明女児遺体で発見、現場に不審なサイン、誰がなぜ？

「何年かまえからあのサインが学校とか公園とか夢見山に残ってたんだ。ひとりじゃないと思うよ。小学校でも中学でもほとんど同時に事件があったから」

「不良グループみたいなものかしら」

「あるいはそいつらの仕業に見せかけた別な犯人のメッセージ」

ぼくは名探偵のまねをして、あごの先に手をやった。カズシは目のふちまで伸びたさらさらのマッシュルームカットを何度もかきあげる。ウーロン茶だけ何杯も飲んだ。

「なんだか、気持ち悪い。今日はもう寝るから、ほっといて」

そういうとハンバーグを半分以上残して階段をあがってしまう。二階の廊下の奥でドアがそっと閉まる音がした。

「カズシはいつからあんなふうになっちゃったのかしら。かわいい子だったのに。ほんとに困ったもんね」

学園ドラマに出てくる母親みたいな台詞《せりふ》まわし。かあさんのせいもすこしはあるんじゃないか、そういいたかったけれどぼくは黙っていた。まあ、いいや。今日はテレビもつまらないし、牧野博士の植物図鑑でも読んで寝よう。


報道各社は夢見山署と県警広報課に二回目の会見を申しこんでいた。翌日の朝刊のためには新情報の入手が不可欠である。捜査本部は当初、司法解剖の結果を待たなければ会見は不可能との返答だったが、報道の反響のおおきさとマスコミ各社の圧力に押され、午後九時半に捜査一課長会見を設定した。

この会見には支局での打ちあわせを終えた山崎と大沢、湊総局の宮島、大植、吉見の計五人の姿が見えた。手狭になった第一会議室から、五階の剣道場に会見場所は移されている。津野支局長との打ちあわせで、各自が会見に出席し別個に支局に情報をいれることになっていた。重要情報のポイントは押さえたうえで、どのように個性を発揮できるか。同じ社の記者同士でも、ライバルであることに変わりはない。顔見知りの五人だったが、席に着いたのは距離を置いてばらばらだった。

午後九時三十五分、堀課長と松浦署長による会見が始まった。堀課長が静かに読みあげる。

「遺体は死後約二日と推定します。死因は扼頸《やくけい》による窒息死と思われます。解剖は明日午後着手の予定。これまでのところ、一部皮下出血を肩、腕に、両乳頭部に咬傷《こうしょう》を認めます」

記者会見場が静まり返った。一瞬後カメラのシャッター音とフラッシュが、疲労の色濃い堀課長に豪雨のように叩きつける。興奮が室内を駆け抜けた。

「深い傷だったんですか」

どこかの記者が思わず課長の発表をさえぎった。松浦署長が声をあげる。

「質問は最後に願います」

ざわめきは一層激しさを増した。堀捜査一課長がやむを得ずこたえた。

「ほとんど乳頭がちぎれるほど深い咬傷との報告を受けています」

「もうひとつだけ。遺体の着衣に乱れはありませんでしたか」

「下半身の着衣に乱れは認められませんでした」

堀課長は手元の紙片に目を落とすと淡々と発表を続けた。

「発見時、遺体は自然保護課の備品である麻ロープで壁面にもたれかかるように、用具小屋の梁《はり》から吊られていました。くだんの書き残しが発見されたのは、遺体背後の壁面。ロープにスプレーの塗料が付着しており、サインが書かれたのは事件発生の直後と思われます」

記者席は騒然となった。堀課長は反応を無視して静かに発表を続ける。発見現場と状況の詳細、捜査態勢と近隣小学校への対策、東野市における未成年者への性的いやがらせ犯のリスト作成。この時点で何人かの記者が会見場から走りだしていった。

会見は質疑応答に移った。報道陣からの質問は遺体の状況と謎のサインに集中する。まだわからない、全力で捜査にあたっている。決まり文句が繰り返され、新たな情報は追加されなかった。記者の質問はあとを絶たなかったが、堀課長は翌日からの万全の捜査態勢を強調して、三十分足らずの会見を締めくくった。

山崎は終了間際、一足早く会見場を抜けだすと階段を駆けあがり、六階の署長室のまえで松浦署長を待った。他の記者の姿は見えない。十分ほどして署長がやってきた。汗に光る顔色は冴えない。思いきって声をかけた。

「お疲れ様でした」

深々と頭をさげる。記者会見中はほとんど出番のなかった署長の顔に笑みが浮かんだ。

「こっちに来るなんてめずらしいな。一課のほうはいいのか」

「ええ、どうせ他の記者でいっぱいですから」

「せっかく来てもらって悪いが、私は今日からこれになる」

そういうと松浦署長は口のまえでチャックを閉じる仕草をした。山崎はじっと署長の表情をうかがった。決意は固そうだ。

「わかりました。お身体大切にがんばってください。ところで、サインの他になにか遺留品はないですよね」

署長はすきをつかれて、笑顔を見せた。

「かなわないな、記者さんには。ああ、ないな」

そういうと松浦署長は自室のドアに消えてしまった。立ち話ができたのはほんの数瞬のことである。廊下にひとり残されたまま山崎は、人形のように吊された少女と愉快犯を思わせる落書きを考えた。あのサインなら奥ノ山の古畳にも残っていた。秘密基地ごっこ。犯人は子ども？　慌てて打ち消す。山崎はこの事件に救いようのない暗さを感じた。

だが今は仕事だ、急いで原稿を送らなくてはならない。支局長が待っている。公衆電話を探すため夢見山署の階段を駆けおりるとき、山崎はなぜか朝の光りが降りそそぐ森のなかのガラスの空き地を思い出していた。

ひとりの女の子の命があれほど重かったなんて、水曜日の朝になって初めてわかった。ニュータウンの様子は一晩でまるで変わってしまったんだから。

街のあちこちに自治会のテントが建って、日陰に大人が何人も詰めている。交通安全週間みたいに、お茶ばかり飲んでるのんびりした様子じゃない。みんなぴりぴりしている。集団登校する小学生の列のうしろには必ず誰か保護者の姿。どの角を曲がっても、防犯の腕章をつけたお巡りさんが通りのどこかに見える。街には夢見山にこんなにパトカーがあったんだというくらいたくさんのパトカー。屋根のうえにおおきく夢1、夢2なんて番号が書いてある。機動隊の人が乗る窓に金網のついた灰色の大型バスを、ぼくは生まれて初めて見た。どの大人もぴんと背中が伸びて、すこし声がおおきくなったようだ。街を歩いているとひんぱんに声をかけられた。

「早く帰んなよ」

「あなた、どこの中学の生徒？」

みんな興奮しているみたいだった。それに誰も口に出していわないけれど、自分たちの住んでる街を守りたいって気持ちがすごく伝わってくる。どこの家の誰それが東大にはいったなんて、ひそひそばかみたいな噂話をしてるよりずっといい。

ユメ中ではみんなが金田一ハジメみたいな少年探偵か、稲川淳二みたいな怪談の語り手になっていた。だって夜の王子がとうとう全国ネットにのる事件を起こしたんだから、あたりまえの話。東野市がテレビに出ることなんて、何年かに一度どっかの研究所が爆発事故を起こすときくらいだから。

噂はいろいろあった。

「つぎはユメ中の生徒が狙われるらしい」

「犯人はユメ中の生徒らしい」

「女の子は奥ノ山の蛇神への生《い》け贄《にえ》だ」

うちのクラスでは登校拒否をしてる桂史明《かつらふみあき》が夜の王子じゃないかって話もあった。ばかな話。ぼくは週番のとき桂くんの家まで学習ノートを届けたことがあったけれど、桂くんは元気だしにこにこしてた。ただ学校にいきたくないだけだ。逆にすごい事件だねって街の様子を聞かれたくらい。

それより困ったのは、事件のつぎの日から奥ノ山への出入りがシゲジイに禁止されたこと。ぼくのはいってる生物部では奥ノ山はなくてはならないフィールドワークの教材だ。最高の研究室といったほうがいいかもしれない。生きている植物が実際に生長し繁殖している場所だもの当然だよね。図鑑やインターネットなんかは問題にもならない。

ぼくがユメ中の一芸入試で提出したレポートは夢見山・奥ノ山を中心にニュータウンの植物分布をまとめたものだ。子どもの頃から数え切れないくらいのぼって、自分の手のひらとはいわないけれど足の裏より、ずっと奥ノ山には詳しい。どんなけもの道も秘密基地も知っている。

奥ノ山の西側斜面の開けたところにはクスノキの大木があって、それが今年の観察目標だ。高さは約二十メートル、幹の直径は二メートル近くあって、今の時期もうすこしで花が咲くはずだった。クスノキの花を見たことがあるかな。新しい枝の葉脈から伸びる長い花枝のてっぺんに明るい黄緑の花が開く。クリスマスにしゃんしゃんと振る鈴のいっぱいついたハンドベルみたいな形。あまり目立たないけど、花が咲くと大木の全体がおしろいをはたいたみたいに白っぽくなって、けっこうな見物だ。

今は警察の捜査なんかで、奥ノ山はたいへんかもしれない。だけど何日かして落ち着いたらクスノキの様子をこっそり見にいこう。ぼくはそう決心した。立入禁止なんていっても無理な話。奥ノ山は学校のものじゃないし、誰にも見つからずにクスノキまでいける道をぼくは知っている。亡くなった女の子のことを考えると、ちょっと不気味な気もしたけれど、それにもどきどきするようなスリルを感じた。

だいじょうぶ、きっと誰にもわからない。

ニュータウンはハリネズミのような緊張状態にあった。

朝風新聞では、遺体発見の翌日から夢見山南西地区にある新聞販売店の一室を借り、緊急電話とファックスを設置、前線基地とした。その拠点を中心に地元の聞き込みに十人近い記者を投入し、地取りと呼ばれる目撃者探しを開始した。

捜査本部は近県の千葉県警や埼玉県警からの応援を受けて、総員三百五十名の警察官を配備。二十四時間態勢で事件の再発防止のため、夢見山一帯の警戒にあたった。制服警官によるパトロールが切れ目なく続けられ、出動服の機動隊員が街の要所を立ち番で警護している。

地元の夢見山自治会は、昼夜二度の巡回を組織した。自治会館には多数のボランティアの応募があったという。

社団法人常陸県防犯協会連合会では、事件現場となった夢見山区の三小学校に防犯ブザーを五百個ずつ配布した。

常陸県教育委員会は、県内の市郡町教育長と公立学校長に児童の安全対策と生命の尊さを学ぶ教育の徹底を内容とする緊急通達をおこなった。

二キロ四方ほどのさして広いとはいえない夢見山地区に、新聞社、週刊誌、通信社、テレビ各局、そしてフリーの記者、カメラマンが多数入り乱れた。

街角で遊ぶ子どもたちの姿は消え、ニュータウンにはますます人の気配が乏《とぼ》しくなった。無人の街では警官やマスコミなど外部の者の姿だけが目につく。住民は閉めきった家のなか、ちいさく息をひそめている。

亡くなった女児の通夜がおこなわれたのは遺体発見翌日の五月二十日である。山崎が前線基地で朝刊用の原稿を書いていると電話が鳴った。

「今日午後八時から通夜がある。少年、頼む。大沢くんが先にいっているはずだ」

はい、とさりげなく返事をして電話を切ると、山崎はため息をついた。犯罪被害者の通夜や葬式の取材は新聞記者にとっても辛《つら》い仕事だった。亡くなった少女は九歳。まだ犯人も捕まっていない。そのような席ではマスコミ関係者はただ存在するだけで疎まれる。遺族の気持ちを考えるといたたまれないが、それでも悲しみに打たれた斎場から、なんとか記事を送らなくてはならない。やり場のない悲しみ、憤りを全国の読者に伝える仕事。それは会社員としての業務である以前に、誰かがやらなくてはならない勤めなのではないか。そう自分を納得させても、やりきれない仕事であることに変わりはなかった。

新聞販売店の店主から黒いネクタイを借りると、山崎はシビックを出した。女児の自宅がある通りにつくと、すでに報道各社の黒塗りのハイヤーやタクシーがあたりを埋めつくし、駐車スペースさえ見あたらなかった。なんとかシビックを停めて、喪服の流れに乗って集会所に着いた。あたたかな春の夜のなか、まぶしく輝く集会所だけが周囲から浮きあがって見える。祭壇が驚くほど白かった。女児と同じ年頃の子どもの姿が大勢目につく。母親と子どもたちの泣き声のなか、路上に出された折りたたみテントの受付にまわると、そこには報道関係者の取材を固辞する貼り紙がさがっていた。

「残念だったね。無駄足になって」

大沢に肩を叩かれた。すでに各社の記者は集会所から散っていた。遠巻きに女児の通夜に網を張り、帰りぎわの弔問客からコメントを拾おうというのだろう。

「うちはいいんですか」

山崎が聞くと大沢は肩をすくめる。

「いいよ。新聞記者だって書かないっていう選択があるもの。取材拒否だしね」

結局女児の通夜は朝風新聞では一行も記事にならなかった。

山崎は通夜のあと、受けもちの捜査員宅にむかった。すでに遺体発見当日から、記者たちによる徹底した捜査本部への取材攻勢が始まっている。夜討ち朝駆け。捜査員の自宅周辺に張り込んで、出勤と帰宅の際のわずかな立ち話から捜査状況を仕入れる、労力の割りには報われることのすくない取材方法である。二日目のこの夜、山崎も挨拶を交わすくらいは捜査員に顔をおぼえられていた。しかし、新たな情報は得られない。昼間はすでに地取りで埋まっているので、わずかな睡眠時間をのぞくと山崎の一日は、ほぼ女児殺害事件に占められるようになった。

事件は誰からともなく「夜の王子殺人事件」と呼ばれるようになった。麻のロープで吊られた少女は、一部スポーツ紙などでは「あやつり人形」と書きたてられ、扇情的なイラストが添えられることもあった。テレビでは連日繰り返し、夢見山ニュータウンの清潔な白い街並みと集団登校の列、そして奥ノ山の暗い森が映しだされた。

一日置きに堀課長による記者会見が夢見山署では開かれていたが、事件をおおきく進展させる新事実の発表はなかった。渦中にいるはずの山崎も、事件が解決にむかっているのか足踏み状態を続けているのか、判断がまるでつかなかった。ただ過密な取材スケジュールをこなすだけの厳しい毎日が続く。

五月の第四週は張りつめた緊急態勢下、不気味な静けさのなかすぎていった。

毎月第四土曜日は、国公立学校はお休み。

朝からいい天気だったので、ぼくは久しぶりに奥ノ山のクスノキに会いにいくことにした。デイパックにはムギ茶の水筒とノートと携帯植物図鑑とカメラ。ぼくのカメラはとうさんのお古のニコンの一眼レフだけど、接写ができるようにマクロレンズももっていく。

ツナとトマトのスパゲッティの昼食のあとで、遊びにいくといって家を出た。

「中間試験もあまりよくなかったんだから、早く帰ってきて勉強しなさい」

かあさんはそういったが、寝そべって新聞を読んでるとうさんはなにもいわなかった。あの事件以来がちがちの警戒態勢のニュータウンを抜けて、奥ノ山を目指す。もう一週間がすぎて、みんな疲れているようだ。ぼくの家から奥ノ山まで歩いて十分。五月の終わりでよく晴れて気温は三十度近くある。日にさらされてやわになったアスファルトのうえは歩くと足の裏がふにゃふにゃする。フライパンのなかのポップコーンの気分。

奥ノ山に着くとあたりを見まわした。規則正しく並ぶ家の窓はどこも雨戸かカーテンで目隠しされている。ところどころに機動隊の人が立っていたけど、死角はあった。ガードレールに座り、ムギ茶を飲んで休む振りをしてから、二車線の道路を一気に走って森にはいった。変電施設のあるコンクリート階段の正反対。みんなが王子の道と呼んでる裏のけもの道だ。

ブナの森にはいると、気温が急にさがって、汗がひいていった。二つ目の折り返しをすぎて、サンダーバードの小道のあたりで誰か人の気配がした。この道はササのおおきな群生を抜けて、いくつか基地に通じている。夢見山の子どもたちの秘密の遊び場。ぼくはぞっとした。あのいかれた夜の王子を思い出す。

そのまま通りすぎればいいのに、怖くておおきな声を出してしまった。

「誰かいるの」

返事はなかった。青いササの葉を押し分けながら、サンダーバードの小道にはいった。

恐怖に背中を押されて踏みこんでいくと、なにかが焦げる臭いがきつく鼻を刺すようになった。おかしい。季節も時間も、花火にはまだ早い。

最初の四畳半基地に着く。畳が四枚敷いてあるからそんな名前。なかの一枚がくすぶって煙をあげていた。その古畳には夜の王子のサインが残っていたのを、ぼくはおぼえている。またぞっとする。あたりを取りまく緑の壁のどこかにこちらをじっと見つめる目が感じられた。この基地は行き止まりに見えるけど、わざとそんなふうにみんなが使っている。一メートルほどのササの壁を抜けると、また別のけもの道が何本も始まって、つぎの基地に通じているんだ。誰かがその道の一本から、ササのカーテン越しに覗《のぞ》いているみたいだった。夜の王子の緑の目。声もあげられないくらい怖かった。

ぼくは震える手で、デイパックからカメラを取りだし、こちらに襲いかかってきそうな緑の壁にでたらめにシャッターをきった。ブナの高木のした鬱蒼《うっそう》と茂ったササの群生のなかは、日が沈んでから三十分後の東の空の暗さ。フラッシュが飛ぶとササの葉の鋭い輪郭が目に残る。ぼくは夢中で何度もシャッターを押した。ばらばらの足音が枯れ枝を踏み折って遠ざかっていく。ひとりではないみたいだったが、よくわからない。ぼくもカメラをしっかりと握り締め、逆方向にサンダーバードの道を駆けだしていたから。

そのあと、クスノキを観察しにいったけれど、正直いってまだ花が咲いていないことくらいしかわからなかった。何枚か写真を撮り、花枝の先のつぼみのふくらみ具合を大急ぎで確かめる。それだけ済ますとぼくは五分ほどで、クスノキから離れた。

もちろん、かあさんの機嫌が心配だったわけじゃない。一刻も早く、奥ノ山から出て、家に帰りたかったんだ。

遺体発見後の数日間、山崎の取材は快調なペースで進んだ。事件への興奮や怒りがまだ新鮮で、夢見山の住民のほとんどが気持ちよく取材に応じてくれた。しかし、捜査が長引き、厳しい警戒が一週間も続くと、マスコミに対する住民の態度はしだいに硬化していった。当初は取材で話を聞くたびに地元の人が自然に集まっていたのに、逆にこちらを避けるような素振りを見せるようになる。

目撃者探しのためにインターフォンを押しても、ご苦労様という挨拶の代わりに、罵声が返ってくるようになった。夜討ちで捜査員の自宅周辺に張り込んでいると、自治会のパトロールに身分証の提示を求められたり、近くの住民に警察に通報されたりする。登下校の際の東野第三小学校生徒への取材は、保護者のガードが固く、まったくといっていいほど不可能になった。

事件発生直後、それぞれの個性を映していきいきと弾んでいた住民の言葉は、ここにきて急にとらえどころのない画一的な公式発言に変貌していった。自治会、PTA、街の人々、誰に聞いても似たような受けこたえが返ってくる。どこかの組織が想定問答集を配付して、マスコミ対策を指導でもしているような印象だった。

誰もが疲れ、いらいらしていた。日一日とニュータウンが頑《かたく》なになっていく。取材先で近所の独身男性が怪しいといった声を聞くことが多くなった。夜遅くバイクで帰ってくる、喧《やかま》しい音楽をかける、髪の色が違う、耳にピアスを開けている。硬化したのはマスコミなど外部の者への態度ばかりでなく、住民同士の関係も同様だった。互いに監視しあい、険しい視線を投げつける。隣近所の生活上のちいさな行き違いが、際限ない疑惑へふくらんでいく。大事件が起きた現場で見られる、共同体の変質が急速に始まっているようだった。直接の被害者だけが被害を受けるのではない。犯罪の影響は広く、暗く、たくさんの人々の住む地域全体を静かに呑んでいく。

山崎が千七百番台の住宅が続く夢見山南西地区の一角の取材を行ったのは、地域の変質がしだいに目立ち始めた事件発生二週間目の水曜日のことだった。この通りの並木はベニバナトチノキ。幹にさがったプレートから街路樹の名をおぼえるのが、地取りの際の山崎の数少ない楽しみになっていた。手のひらのように深いしわを刻む大振りの葉が、夕方の光りを浴びて元気なくたれている。

山崎は目のまえの白い家の番地と表札の名を、取材ノートに書きこむとインターフォンのボタンを押した。

「はい、三村です」

「朝風新聞の記者ですが、例の事件のことで、朝からこの地区の取材をしています。お話をすこしうかがえないでしょうか」

しばらく無言が続いた。もうひと押ししてみる。

「お時間はかかりませんし、ご近所の方も取材に応じていただいたんですが」

「わかりました。玄関のほうへどうぞ」

唐草模様の白い門は開いたままだった。黄色い芝に浮かぶ敷石を踏んで玄関へむかう。白いドアはひとりでに開いた。あがりかまちの柱に手をかけて、三十代半ばくらいに見える主婦が玄関に立っていた。黒い七分丈のストレッチパンツにオレンジのハイネックTシャツ。ウエストは締まっており、その日見たどの主婦よりも洗練された外見だった。

山崎は名刺を渡し、型通りの質問を重ねた。事件のあった日曜日、なにかおかしな人物を見なかったか？　事件以降、生活に変化はあったか？　家族構成は？

「夫婦ふたりに、子どもが三人。中二と中一の男の子に、小学校三年生の女の子です」

「この地域だと通っているのは東野第三小になりますよね」

「ええ、亡くなった子は去年まで娘と同じクラスでした。うちのミズハのことを考えると不安で、早く犯人を捕まえてほしいですね」

「お嬢さんにはお話を聞けませんか」

「それはちょっと」

主婦ははきはきとこたえる。話は聞けなくても手紙を頼むこともできる。この家はチェックしておこう。亡くなった女の子へ元クラスメートから涙の手紙。よくある手だが読者の需要は確実だ。山崎が三村家の末の妹の名をメモしていると、玄関に少年の声が響いた。

「ただいま」

振りむくと身長百五十センチくらいの小柄な男の子が、もじもじと立っている。

「新聞記者のかたよ。ご挨拶しなさい」

「こんにちは、三村幹生です」

少年は目をそらしたまま小声でいった。ぼさぼさの坊ちゃん刈りに、近頃の子どもには珍しい盛大なあばたの頰。伏せた目はちいさく、感情が読みにくかった。色の褪《あ》せたジーンズに胸にイルカが跳ねるTシャツ、肩からキャンバスのバッグをさげている。

「これが長男のミキオです。ねえ、夜の王子の話してあげたら」

夜の王子という言葉に山崎は顔色を変えた。

「だめだよ、宿題いっぱいあるんだ。そんな暇ないもん」

少年は露骨に嫌がったが、山崎は母親の顔を見てからいった。

「じゃあ、日をあらためて話を聞かせてもらえないかな。土曜日の午後なんてどう、なにか冷たいものでもおごるよ」

少年は無言でうなずくと、玄関をあがっていってしまった。無愛想なところは、今時の子どもといっしょだ。山崎は母親にいう。

「土曜日の午後、またうかがいますから、ちょっとミキオくんを連れだしてお話を聞いてもかまいませんか。むずかしい年頃なので、お母様がいらしてはいいにくいこともあるでしょうから」

「新聞の取材ねえ、ちゃんと写真も撮るんでしょう。それなら妹のミズハもいっしょにどうかしら。ミズハはモデルをやっているんです。すごくかわいいですよ」

写真は別にといいかけたが、のり気になった母親に調子を合わせて山崎はあいまいにうなずいた。それよりもさっきから廊下の角で、ちらちらとこちらを見ているのは誰だろう。黒いシャツの肩が時折のぞいている。息をひそめて、取材の様子をうかがっているようだ。家族構成からするとこの家の次男なのだろうが、なにか嫌な気分だった。

山崎は廊下の奥の暗がりに目をやって、笑顔で母親に会釈した。目のすみに物陰に身を隠す黒い動きを感じた。

西日のさす通りにもどっても、なぜか黒いシャツの影がトチノキの葉叢《はむら》に隠れているような気がした。


一日ですべてが変わってしまうことがある。

そんな日のあとでは、もう絶対元には戻れないし、なにもなかった振りをすることもできない。ぼくは今でも、あの日の夢を見る。真冬でも汗まみれで飛び起きる夢、夜中に見れば必ず朝まで眠れなくなる夢だ。

ぼくはこの世界で一番恐ろしいものを知っている。

それは誰がなんといっても、顔のない人が押す玄関のチャイムの音。

にぎやかな朝食のテーブルに響く、明るくて空《うつ》ろな電子の鐘の音だ。

その日は五月三十日の土曜日だった。まえの夜から関東の空をおおっていた低気圧のせいで、強い風と時折の雨が吹き荒れる夜みたいに暗い朝のことだった。ぼくたちはダイニングで朝ごはんを食べていた。家族五人がそろった最後の食事。メニューだっておぼえてる。ハムエッグ、トースト、トマトサラダ、カフェオレ、デザートはパイナップル。いつもの通りのメニュー。

チャイムが鳴ったのは朝七時十分。かあさんが立って、キッチンでインターフォンの受話器を取った。

「えっ……」

それから急に小声になった。ダイニングではもちろん誰も気にしていない。

「あなた！」

かあさんの叫び声が聞こえる。すぐにとうさんが席を立った。キッチンにむかう。なにを話しているかわからないひそひそ話。とうさんは黙ったまま玄関にいった。誰かが外にいるらしい。あんな事件のあったあとだから、形だけの聞き込みならうちにもきたことがあるとかあさんはいっていた。でも普通そんなのはすぐに終わる。

しばらくするとかあさんはダイニングに戻ってきた。おかしい。さっきとはまるで別な人みたいだ。顔の表情が硬い。かあさんの目が食欲なさそうにハムエッグの黄身をつついてる弟を映した。見つめるとかにらむとかじゃない。ただ弟の形を映したんだ。親密さも優しさも愛情も、どんな心の動きも感じられない凍りついた視線だった。

「カズシ、あなた……」

かあさんが消えそうな声でいった。それだけで弟にはわかったようだ。目にかかるマッシュルームカットのした、カズシの顔色が失せて漂白した紙みたいに真っ白になっていく。正面に座っていたぼくには弟の命が抜けていくのが見えた。椅子の脚からフローリングの床を通って、この家のコンクリートの基礎のしたへ、弟の命が壊れた水道みたいに漏れだしていく。

玄関でとうさんが誰かと話しているのが聞こえた。なにをいっているのかわからない。深い井戸の底から響いてくるような声。ダイニングに戻ってきた。とうさんの顔も血の気が失せて真っ白。そのときぼくも、なにか取り返しがつかないことが起きているんだとわかった。とうさんはいう。

「今、玄関に警察の人がきている。カズシに話を聞きたいそうだ。ミキオ、ミズハを連れて二階にあがってくれないか」

うなずいた。口のなかのロースハムの脂身を噛んだ。しょっぱくてちょっと甘い豚の脂身の味、吐き気がしたけど、無理やり呑みこんだ。カズシは置物のように固まったままだ。ミズハはなにもわからずとうさんとかあさんの顔を交互に見ている。ぼくはいった。

「それは奥ノ山のことなの」

自分の声じゃないみたいだった。とうさんは黙ってうなずいた。かあさんはそのとき大声をあげて泣き始めた。その場に崩れ落ちる。ミズハもつられて泣きだした。カズシはダイニングチェアに座ったまま、ちいさくなっていった。何十メートルも離れた人がちいさく見えるのと同じで、その場ですーっと家族から離れてちいさくなったんだ。弟は椅子に座ったまま遠くなってしまった。命のない十三歳のマネキンみたいだった。

とうさんが玄関にいった。ミズハを連れてぼくは二階の自分の部屋にいった。息をひそめて妹を抱き締めた。床のしたから何人かの人が動いている音が聞こえる。言葉はすくないようだった。ぼくたちといれ替わりにダイニングルームにはいった警察の人の顔を、だからぼくは見ていない。カズシは朝食の席から、そのまま夢見山署に任意同行された。

この世界で一番恐ろしいもの、それは顔のない人が押す玄関のチャイムの音だ。だって、それはひとつの家族が壊れ、ひとりの殺人犯が生まれる音だから。ぼくたち家族が、もう二度と元のように戻れないことを知らせる音だから。

ぼくはミズハを抱きながら、泣くこともできないでいた。警察の人が帰ると、トイレにいって吐いた。胃が空っぽになるまで吐いたけど、それがその日の終わりではなかった。

山崎は五月三十日土曜日の午後七時、夢見山署にいた。ロビー横手に事件の発生以来つくられた報道陣用の一角である。そこには折りたたみテーブルとパイプ椅子が並べられ、広報課員がつねに誰かしら詰めていた。

その日の午後、夢見山中学に通う少年から夜の王子の話が聞けるはずだったが、取材は空振りに終わっていた。嵐のなか南西地区にある少年の自宅まで出向いたのだが、母親は「子どもたちは近くの友人の家に遊びにいってしまった」という。雨の玄関先でいくら本人と約束をしたといっても始まらない。山崎は諦めて、その一帯の地取りを続けた。荒れ模様の天候のせいか、目撃者探しは一向にはかどらなかった。

日が暮れて聞き込みが困難になったので、山崎は最後の仕事のつもりで夢見山署に足を運んだ。知り合いの捜査員に話を聞き、それで本日は終了にしよう。

報道陣用テーブルの隣に湊総局の吉見の疲れた顔が見える。テーブルのうえには吸い殻のはいったコーヒーの空き缶が半ダースほど並んでいた。

「今日は今のところ、なにもないな。少年もそろそろ引きあげたらどうだ。土曜の夜だ、ガールフレンドのひとりくらいいるんだろ」

山崎はいつもの癖で頭をかいてごまかした。いるといっても、いないといっても面倒だった。吉見とはさして親しいわけでもない。疲れきってすぐに動くのが億劫になっていた山崎は実りのすくない取材ノートを読み直す振りをした。遺体発見からほぼ二週間、さまざまな情報は飛びかっていたが、犯人逮捕に直接つながるような有力情報は見あたらなかった。この事件は長期戦になるかもしれない。山崎がぼんやりと夢見山署の受付を眺めていると、カウンターのうえの電話が鳴った。広報課員がすぐに取る。まだ若い警察官の顔色が変わった。叩きつけるように電話を切り、叫ぶようにいう。

「本日午後九時より、夢見山署でレクします」

一階のフロア全体に響きわたる声だった。報道陣用テーブルの周辺にたむろしていた十数人の記者たちの動きが慌ただしくなる。フロアに散らばる警察官にも緊張の色が見えた。先ほどの広報課員を取りまいて、早くも数人の記者が質問攻めにしている。

「内容は？」

「会見の出席者は？」

若い広報課員は、聞いていない、わからないと繰り返すばかりだった。土曜日の夜、静かなニュータウンの警察署が一本の電話で瞬時に沸き立った。山崎はそのとき自分でも理由がわからないまま直感した。

（夜の王子が捕まった。事件がはじけた）

フロアのあちこちに携帯電話の短縮を押す記者の姿が見える。もう誤りようがなかった。五分後には受付の正面に置かれたテレビに「夢見山女児殺害事件で男性逮捕」の緊急ニュースが流れた。

山崎はひとことでも情報を得ようと階段を駆けのぼった。六階の署長室。しかしドアのまえには、すでに数人の署員が立ちはだかり警護を固めている。署長への取材は無理なようだ。山崎は廊下の窓際に立って、携帯電話の短縮を押した。指示を仰がなければならない。今頃支局は大混乱に違いない。

窓から外に目をやると、夢見山署をめがけ近所の住民がすでに集まり始めていた。人の波を縫うように報道関係の車両が、多数駆けつけてくる。

嵐の雲が暗い空を走っていた。西のほうから押されてきた雲はとぎれることなく続き、ニュータウンの空全体に黒い蓋《ふた》を閉めていた。

警察の人が家にいたのは十分くらいだった。

ぼくはミズハの手を引いて、物音がしなくなると一階におりた。ダイニングでは食べかけの朝食がそのままになっている。崩れたハムエッグ、冷めたカフェオレ。人の気配が途中で断たれたテーブルは気味が悪かった。リビングへいくと、かあさんがソファで泣いている。

「なにかの間違いに決まってる、カズシはそんなことをする子じゃないわ」

同じ言葉を何度も繰り返していた。窓の外はひどい嵐で、木の葉のざわめきや電線の風切り音がやかましかった。ぼくはあの音を忘れないだろう。不安と孤立の音。おおきな台風にうちの家族だけが、閉じこめられてしまったみたいだった。ひとりすくなくなった家族はリビングに集まり、ちいさくなっていた。

ぼくもミズハもその日は学校を休むことになった。のんびりした土曜日の雰囲気なんて消し飛んでいる。あの日は夕方まで、なにをしていたんだろうか。新聞もテレビも見なかった。ただリビングのソファで四人固まっていた。トイレにいくときだけひとりになって、済ませるとすぐに家族のいるところに戻った。離れていると、また誰かひとり消えてしまうんじゃないかという気がした。

昼まえにとうさんは、何本か電話をかけた。お昼ご飯はトーストと牛乳とオレンジジュースだけ。でもそんなもの用意することなかった。飲み物以外はみんな一口ものどを通らなかったんだから。

午後になって、また玄関のチャイムが鳴った。家族全員がその音で凍りついた。ぼくはソファに座ったまま飛びあがりそうになった。かあさんがインターフォンに出る。このまえの新聞記者の人だった。ぼくに夜の王子の話を聞きにきたらしい。だけど今さら話すことなんてなにもない。

「夜の王子、それなら弟のカズシでした。ぼくの弟は殺人犯なんです」

まったくおかしくない。かあさんはぼくはいないと記者の人を玄関先で追い返した。

警察からの電話があったのは午後四時だ。とうさんは受話器を取ると、しばらく話を聞いて、そうですか、わかりましたとものすごく静かな声でいった。それでわかった。やっぱりカズシが犯人なんだ。カズシは妹のミズハと同じ年の女の子を殺したんだ。殺してから人形みたいに吊して乳首を噛んだんだ。それからあのふざけたサインを残したんだ。バカヤローだ。どうしようもない。

殺された女の子がかわいそうだった。同じ年のミズハがかわいそうだった。とうさんもかあさんもかわいそうだった。

それに、いってはいけないことなのかもしれないけれど、ぼくは弟のカズシがかわいそうだった。人を殺したあとも生きていかなきゃいけないカズシがかわいそうだった。ぼくはその日初めてすこし泣いた。でもゆっくりと泣いてはいられなかった。電話を切ったとうさんがいう。

「しばらくするとまた、警察の人がこの家に来る。夜には逮捕令状が出て、うちを家宅捜索するそうだ。ミキオとミズハは森井《もりい》のおじさんのところにいってくれないか」

そういうととうさんはミズハを抱きあげ、かあさんにいう。

「泣くのはよすんだ。子どもたちはもうしばらく、この家には帰れない。しっかりと荷造りしてやってくれ」

しばらくのはずがない。もう二度と帰れないかもしれない。だってこの家はもう沈みだしているんだから。そう思ったけれど、ぼくは黙って自分の部屋にあがり、荷物を詰め始めた。着替え、教科書、植物図鑑、カメラ。長い旅にでる準備のようだった。心がしびれてしまって、なにも感じない。ロボットのようにただ作業を続けた。

たくさんの荷物をもったぼくとミズハを、とうさんがクルマで送ってくれた。低気圧の夕方。ガレージを出たところで、隣の新川《しんかわ》のおばさんがぼくたちに挨拶する。ぼくとミズハは会釈を送り、とうさんはホーンを叩いた。ハタラキアリの触角みたいに短いクラクションは力なく嵐に消える。ぼくたちがむかったのは夢見山の反対側にあるとうさんの会社の友達の家。見慣れた近所の街並みをあとに嵐のニュータウンを抜けて、クルマは走った。あんなに一生懸命に自分が住んでいる街を見たのは初めてだった。ベニバナトチノキの一本一本があれほどきれいだなんて、毎日の登下校では気づかなかった。

さよならトチノキ、さよならコンビニ、さよなら信号機。

だから、ぼくがあの五分間の記者会見を見たのは森井さんの家なんだ。

午後九時四分、夢見山署の五階にある剣道場に特設された記者会見場で、堀重則県警捜査一課長と松浦慎一郎署長の会見が始まった。八十畳ほどの広さの道場は、すでに多数の報道陣で埋めつくされている。民放各局のテレビカメラが記者席の後方に並んでいた。山崎が二百人を越える報道陣を見たのは、この仕事について初めてのことだった。

手元のノートに目を落とし堀課長が読みあげる。十数本のマイクが課長の口元を狙い、第一声にあわせシャッター音がハトの群れの羽ばたきのように会場を満たした。

「夢見山区奥ノ山の女児殺害死体遺棄事件で、本日午後五時、被疑者を補導しました」

逮捕ではなく補導の声に、記者席にどよめきが走った。堀課長はかまわず続ける。

「補導場所は夢見山署内。被疑者は中学二年生の少年A。男性十三歳です」

ため息が流れて、記者席が静まり返った。フラッシュだけが切れ目なく叩きつけられる。

「被疑者は五月十七日午後三時から四時までのあいだ、東野市夢見山区奥ノ山の自然保護課用具小屋内において、被害者の頸部を絞めて殺害、備品のロープを用いて遺体を吊下し用具小屋内に遺棄したもの」

記者席から声が飛んだ。

「解決の端緒は」

「現地の地洗いを中心に、丁寧、綿密な捜査を重ね被疑者を割りだし、本日朝から任意取り調べをおこない、犯行の自供を得ました」

つぎの質問があがるまえに、会見用の机の横に立つ広報課員が大声で叫んだ。

「若干の質問のみ」

広報課員を無視して、記者たちがあちこちで声をあげる。

「凶器は」

「自宅から少年のベルトを押収、そのベルトを使用したと思われます」

「少年の通っている中学は」

「おこたえできません」

「犯行の動機は」

「今後、慎重に捜査していきたい」

さきほどの広報課員が再び叫んだ。

「以上で会見を終了します」

山崎は時計を見た。午後九時九分。たった五分間の会見だった。これほどの重大事件としては、異例ともいえるほど短い会見時間である。騒ぎは鎮まらなかったが、堀課長と松浦署長は質問とフラッシュの嵐のなか、早々に剣道場から出ていった。

捕まったのは十三歳。県警の口はこれで一層堅くなるなと山崎は思った。なにせ逮捕ではなく、補導なのだから。その言葉の軽さが、事態の重大さにまるでそぐわなかった。出来心でアイドルのCDを万引きしたのとは訳が違う。少年が犯《おか》したのは殺人なのだ。少年の氏名や身元も隠されたままである。

だが、これだけでは終わらないだろう。少年の通う中学校の生徒たち、地域の住民、すべての人の口を閉ざすことは、警察にも少年法にも不可能のはずだ。少年の犯行という意外な結末で事件がはじけたことで、これからニュータウン全体が今夜の嵐のように揺さぶられることになるだろう。

この事件は解決によって記事が急速にしりすぼみになっていく通常の逆三角形の報道パターンにはならない。事件は今夜ここから、新たに始まるだろう。山崎は我先に出口に殺到する報道陣を眺めながら、暗い予感に震えていた。


森井さんの家は三千番台、うちとは夢見山をはさんで正反対の北東地区にある。

森井のおじさんは、とうさんの勤める研究所の同僚で、ぼくが小学生の頃よく家族ぐるみでキャンプなんかにいったことがある。利根川の川原や九十九里なんか。もちろんカズシもいっしょだった。弟はテントで寝るのがすごく楽しそうだったのをおぼえている。バーベキューを食べすぎてお腹をこわし、水着で浅瀬に座りこみ笑いながらおしっこしていたカズシ。

「兄ちゃん、あったかいよ」

涙も出ない。もう全部、一万年と決定的な一日の昔のことだ。

森井のおじさんとおばさんは、ぼくとミズハをあたたかく迎えてくれた。ぼくたちを残して帰るとき、とうさんはクルマの横に立って、嵐のなかでひざに頭がつくんじゃないかというくらい深く長いお辞儀をした。二度と会えないみたいな挨拶だった。

あの土曜日は低気圧で嵐だったから、夕焼けはなくていつのまにか昼から夜になった。ミズハはカレーライスの晩ご飯のあと、疲れきった様子で森井さんちの居間の隣の畳の部屋でタオルケットをかぶって眠ってしまった。

夜九時、ちいさな音で流れていたテレビが突然、報道番組に切り替わった。女性のアナウンサーが低い声で言う。

「この時間は放送内容を変更して……」

森井のおじさんがいった。

「どうする、ミキオくん。テレビを消したほうがいいんじゃないか」

「いいえ、見せてください」

ぼくはこの事件から逃げられない、だから見ておかなきゃいけないと思った。あの五分間の記者会見についてはみんな知っていると思う。ぼくはただ見ていた。記者会見にはなにも感じなかった。警察の人の口の重さから、カズシのやったことが途方もなく重大なことなんだと感じただけだ。

会見が終わると会場からスイッチしたカメラが、夢見山署の入口に立つ放送記者を映した。うしろにいるたくさんの子どもたちが、ピースサインを出し携帯電話をかけていた。むやみにはしゃいでいる。画面の右端に長谷部卓とでこぼこコンビの顔が見えた。でも、しかたない。関係のない人にはテレビに映るってことだけで、お祭りみたいなものなんだ。それに、ぼくには怒る権利なんてない。だってカズシはぼくの弟なんだから。

森井さんはニュースが終わるとテレビを消した。怒っているみたいだった。

「ミキオくん、負けちゃだめだよ。絶対に負けちゃだめだ」

森井のおばさんも目に涙をためて、うなずいている。座卓のうえには晩ご飯のあとなのに山のようにお菓子がのせられていた。

「ありがとうございます」

ぼくは自動的にこたえた。だけど誰に負けちゃいけないのか、どの相手と闘えばいいのかわからなかった。その相手がいったいどんなことを仕掛けてくるのか、つぎの一週間のあいだにぼくもうちの家族全員も思い知らされるようになる。みんなにはすすめないよ。それは本当にひどいものだから。

夜の十時すぎ、お風呂を済ませてから、ぼくは森井のおじさんにいった。

「すみません。ちょっと出てきてもいいですか」

「あら、なにか足りないものでもあるの」

森井のおばさんがいう。

「そうじゃないんです。何度もうちに電話をかけたんですけど、誰も出ないし、ちょっとうちの様子を見てきたいんです」

おじさんはうなずいていった。

「いっしょにいこうか」

「いえ、ひとりでいかせてください。家の様子を見たらすぐに戻りますから」

「わかった。なにかあったら電話しなさい。迎えにいくから」

森井のおじさんとおばさんに心配そうに見送られ、ぼくは夜のニュータウンに出た。ジーンズにTシャツ、コロラド州立大の野球帽。度のはいっていない伊達メガネは森井のおばさんが貸してくれた。

夜になって雨はあがっていたけれど、吹き荒れる風の強さはあいかわらずだった。通りのヤナギの枝が、嵐の海のクラゲみたいに吹きあげられている。ぼくはキャップを目深にかぶると、飛ばされそうなむかい風のなか歩きだした。

風も道路もまだ濡れていた。通りにはたくさんの人とクルマ。夏祭りの夜みたいだ。みんな興奮している。でも、それは楽しいからじゃない。


記者会見のあと、山崎が夢見山署の入口を出ようとすると、すでに周辺は危険なくらい多数の人々が集まっていた。どこかで爆竹のはじける音が聞こえ、不謹慎を諌《いさ》める怒声が続いた。署のまえの道路はときならぬ渋滞を起こし、警察官が数名で交通整理にあたっている。報道各社の記者が、誰かれかまわず中学生くらいの子どもをつかまえては、被疑者の少年のことを知らないかと質問攻めにしていた。

山崎が少年Aの氏名と住所を聞いたのは、本社社会部から応援で来ていた同期の島岡《しまおか》耕司《こうじ》からだった。島岡はその日、夜の王子の噂を追って夢見山中学の生徒何人かに取材をおこなっていた。

「どうせすべてオフレコだろうが、少年Aの名前は三村和枝。夢見山中学の一年生だそうだ、やってられんな」

それから住所が続いた。夢見山の千七百番台。駐車場の隅の暗がりで島岡から耳打ちされた山崎は、すぐにショルダーバッグのなかから取材ノートを取りだした。今日話を聞くはずだった少年の名前と住所を確かめる。犯人の住所はあの少年の家だ。ノートに走り書きされた家族構成を読む。犯人はすくなくとも、あのあばたの頬の純朴そうな少年ではないようだ。弟のほうだろう。なぜか山崎はほっとした。廊下の角から取材の様子を盗み見ていた黒い影を思いだす。あの影が、夜の王子で少年Aだったのか。

ジャガイモのような少年とおしゃれな母親、そして被害者と去年まで同じクラスだったという妹の行く末を考えて、山崎は暗い気持ちになった。

事件がはじけた。解決したと浮かれているわけにはいかなかった。あの少年は今頃なにをしているのだろう。山崎は島岡に礼をいうと、ひとり夢見山署に集まる人の流れに逆らって歩き始めた。自分が足を運んだからといって、どうなるものでもないことはわかっていた。しかし、あのトチノキ並木の少年の家を、今夜ひと目でも確かめておきたい。

あの白く清潔そうな家。主婦役の女優が嬉々として不倫に走るテレビドラマの舞台にでもなりそうな無国籍の洋風建築。新興住宅地ならどこでも見かけるあの家のなかで、いったいどんな生活があったのだろうか。

夜空の底を嵐の雲が駆けていく。湿った重い風に背中を押されて、山崎の足は自然に速くなった。


ぼくの家は遠くからでも、すぐにわかった。トチノキ並木の通りでただ一軒、まぶしいほど輝いていたから。

まえの通りにたくさんのクルマが停まり、テレビ局の人たちがライトで白い二階建てを照らしていた。ぼくの家は春の夜にくっきりと浮かんでいる。まわりの家は雨戸やカーテンを閉めきり暗闇に沈んでいるのに。夜も十時をまわって通りを歩く人はほとんどいなかった。たまにそんな人がいると、すぐに報道の人が取りかこみ、輪になって話を聞き始めるのだった。

ぼくは二十メートルほど手まえの電信柱の陰から、なつかしい家を見ていた。ものすごく遠くに感じた。ただいまといいながら、玄関のドアを開けることはもうできないかもしれない。忘れてしまった薬用の洗顔石けんは、まだ洗面台のトレイにのっているだろうか。

灯りは消され、ひっそりと静まりかえり、家には誰もいないみたいだった。たまに記者の誰かが、インターフォンを押したり、リビングのアルミサッシのすき間から覗きこんだりしたけれど、反応はない。とうさんとかあさんはどこにいったんだろう。まだ夢見山署にいるんだろうか、それともぼくといき違いに森井さんのうちに戻ったんだろうか。

ガレージで倒れているマウンテンバイクが気になった。転がっているコーラのペットボトルに半分だけ芝生に伸びてる水撒きホースも。こんなことなら、もっときちんと掃除をしてあげればよかった。この家をもっと大切にしてあげればよかった。

でも、もう遅いんだ。ぼくがこの家のためにできることはなにもない。だって近づくことさえできないんだから。ときどきカメラマンが家のあちこちを撮影する。バシバシとたかれるフラッシュは、光りのムチで家を叩いているみたいだ。

ぼくの家が痛がっている。

心のなかでごめんといって、ぼくは逃げた。近所の誰かに顔を見られないように。もしぼくにむかって、あんなにフラッシュがたかれたら、きっとおかしくなってしまうだろう。あんなに明るくて正しい光りに、とてもぼくは耐えられない。

山崎が補導された中学一年生の少年宅に着いたのは夜十時半頃だった。昼間訪れたときには誰もいなかった通りに、すでに五十名を超える報道陣が集まっている。少年の家を正面から撮影可能な通りのむかい側には、カメラとビデオの三脚が林立していた。ワイドショーのレポーターさえ現場にはいっていた。彼女はコンパクトで化粧を直すと、ビデオの照明用ライトを浴びながらチャイムのボタンを鳴らし、振りむいて恐怖の演技を始めた。ビデオカメラは臆することなく、少年の家の表札を映しだしている。

少年の家には人の気配が感じられなかった。誰もいなくてよかったと山崎は思った。少年の犯罪にも、解決に浮かれているマスコミにも、少々うんざりしていた。過熱した取材ぶりを確認すると、ふたつほど手まえの通りで山崎は引き返した。誰か先輩記者にでもつかまり、近所の家の応援取材などを頼まれたらたまらない。明日の朝刊に書くための材料なら、すでに十分集まっている。

前線基地への帰り道、電柱の陰から白い家を見ている少年に山崎は気づいた。横を通りすぎるとき、ちらりと野球帽のしたの顔を確かめる。頰には荒いやすりをかけたような吹き出物の跡。メガネをかけているが、取材を申しこんだあの純朴な少年によく似ていた。少年Aの実の兄だろうか。山崎は思わず声をかけた。

「きみは三村ミキオくんじゃ……」

「すみません」

小柄な男の子はそういうと、ぴょんと頭をさげて物陰を飛びだし走っていった。風にあおられた野球帽が道路に落ちても拾おうともしない。白いTシャツの背中が、春の嵐の夜に遠くなった。別に逃げる必要はなかった。山崎には取材をするつもりなどないのだから。

自分がやっている仕事の百パーセントを気にいっている人間など、どこにもいない。きみの弟が容疑者として補導されてから、やる気がなくなったよと少年にいってやりたかった。それにきみも負けずにがんばれと。

これから戻って記事を書き、ファックスの山のゲラ検を済ませると、紙面の検討会議が明け方まで続くだろう。自分の部屋に戻るのは午前五時頃だ。因果な仕事だった。

山崎はため息をつくと、少年の落としていった野球帽を拾うため、重い足をあげてガードレールを乗り越えた。

第2章　嵐のなかの家

弟の写真が全国にばらまかれたのは、三日後のことだった。

その写真週刊誌を販売自粛にする店もあったようだし、テレビでは評論家が少年法のことをいろいろと話していたけれど、ぼくはしかたないと思った。だってあんな事件を起こさなければ、カズシの写真なんて週刊誌にのるはずもないんだから。

写真は五月の初めにユメ中の一年生が霞ケ浦に遠足にいったときのものだった。岸辺に立つ五人のグループのなかで、カズシだけに目伏せがはいっていない。誰かが冗談でもいったあとなのだろうか、弟は楽しそうに笑っていた。あんな事件を起こすとはとても思えない無邪気な笑顔。背後には湖のさざなみが光っている。

その写真はしょうがないと諦めもついたけれど、もう一枚の写真だけはひどく悲しかったし、許せなかった。でもぼくが許さなくたって、なにも変わりはしない。こちらの写真にはものすごく細い目伏せがはいっている。黒目だけ消すポッキーみたいな目線。それは妹のミズハの写真だった。モニタのなかでビーフシチューのおおきな肉の固まりを口にほおばるシーンだ。いつか話したCMをビデオプリンターに落とした、走査線の粗さが目立つ写真だった。目伏せはしてあってもCMを見た人なら誰でもミズハの顔を思いだせるだろう。カズシの写真の横に四分の一くらいのおおきさで堂々とのっていた。

キャプションは「少年Aの妹は人気コマーシャル子役！」。

記事によると少年に自分が犯した犯罪の重さを思い知らせるために写真掲載に踏みきったそうだ。その人たちはもちろんミズハにも思い知らせたかったに違いない。犯罪者の家族なら八歳の女の子にでも責任があると。冗談でいっているんじゃない。カズシが補導された日からうちの家族を襲った嵐は、あの夜の低気圧なんて比較にならないほど激しかった。

ぼくとミズハは東京に住むかあさんの実家に預けられた。森井さんの家にいつまでもやっかいになるわけにもいかないから。とうさんとかあさんは家庭裁判所の調査官や付添人との面接があって、東野市を離れることはできなかった。カズシは少年Aのまま夢見山署に十日間の拘置が認められている。

だからぼくたちはおじいちゃんとおばあちゃんと東京で暮らした。名字はカンベンしてほしい。地下鉄東西線の門前仲町駅のすぐそばに建つおおきなマンションだった。お祭りが盛んな下町だってかあさんには聞いていたけど、コンクリートのビルや首都高の高架ばかり目立つ都会だった。ミズハもぼくも学校を休んだままだ。みんなが学校にいっているとき、ぶらぶらしているのもなんだか気が引けて、ぼくたちは部屋に閉じこもってばかりいた。ミズハはいう。

「私たちもう学校にもいけないのかな。夢見山に帰ってもいけないのかな」

ぼくにこたえる言葉はなかった。

おじいちゃんはテレビゲームを買ってくれたけど、ぼくはもともとゲームが苦手だ。一日の楽しみは、夕方同じ年の子たちが家に帰った時間になってから、ミズハとおばあちゃんと買い物がてら近所を散歩すること。だけど東京は緑がすくない。ときどき奥ノ山のブナの森を思いだすことがあった。クスノキの花はもう咲いたんだろうか。歩道を歩いていると突然青い草いきれが胸いっぱいに戻ってきたりする。緑の思い出。そんなときは懐かしさに全身をもっていかれそうになった。優しい手で心臓をそっと絞られたみたいで目に涙が浮かぶ。今すぐにでもニュータウンに帰りたい。あの空と森と風、ぼくの家と学校と友達。あそこがぼくの場所だ。でもそれは無理な相談だった。

おじいちゃんの家にも、ときどきおかしな電話がかかってくることがあった。電話のむこうでいきなりお経をとなえていたり、なにをいっても無言だったり、人殺しと金切り声で叫び続けたり、国家の正しい教育方針を演説する電話。ぼくが取ったのはひどく優しい声で、あなたのうちのご先祖が死にきれなくて弟さんにとりついているという、聞いたことのない名前の新興宗教からの電話だった。その女の人はほんとうに心配してくれているようだった。すごく親切だ。どうすればいいのか聞いたら、すべての財産をお布施して入信するしかないという。そうしないとそのうちぼくまで、衝動的にミズハを殺すことになるんだそうだ。だから手遅れになるまえにご両親によくお話ししてね。

ありがとうございます、考えてみますといってぼくは電話を切った。カズシの事件からぼくは怒ることができなくなっていた。この世界に生きているすべての人には、いいたいことや理屈がある。それがわかった。だってみんな自分が苦しんでいることを誰かに伝えたくてたまらないんだから。なにもいいかえせないぼくの家はいい標的なんだ。丸めた泥を思いきり投げつけるための。

それで、ぼくは泥をぶつけられるたびにお辞儀をする。

ありがとうございます、考えてみます。ぼくもそう思います。

機械のように繰り返すだけなら、涙は出ない。

奥ノ山女児殺害事件の犯人が、十三歳の少年だったと判明すると、全国を激しい衝撃が襲った。補導から一夜明けると、少年Aの情報が洪水のようにメディアにあふれた。夢見山の新聞販売店の一室に置かれた前線基地にも、新聞に書けること、書けないことをふくめてさまざまな情報が集まっていた。

少年Aの実名、生年月日、通っている学校名、住所、電話番号、家族構成、父親の勤務先、両親の実家の住所、連絡先。少年Aは小学生の頃から、万引きや火遊び、器物損壊の常習犯だったが、いわゆるツッパリなどの不良少年にはあたらないこと。近くのレンタルビデオ店では、ホラー作品ばかり借りだしていたこと。中学校は休みがちだったが、成績もよく触法行為の前兆は見えなかったこと。性的非行の前歴はないこと。体罰、成績不振などによる学校側との問題は生じていないこと。家族にとりたてて不和はなく、経済的にも恵まれており、兄弟の仲も悪くなかったこと。取材によって得られたAの姿は、どの街にもいる今風のごく平凡な少年像だった。山崎は動機が見えてこないことだけが不安だった。

捜査本部では、夢見山の子どもたちに広まる「夜の王子」の噂に注目、小中学校や公園の備品損壊跡や奥ノ山の火災跡に残るサインを丹念に調べ、常習犯の少年グループからふるいにかけ、容疑者を絞りこんでいった。

決定的だったのは少年Aのテキストであるという。少年の通う夢見山中学では、自由テキストによる学内報がつくられていた。自由テキストは文章の練習や与えられたテーマによる作文ではなく、子どもたちがなにかいいたいことがあるときに、自分のなかから湧きあがるものを自由に表現する文章で、日記もあれば感想文もあり、なかにはラブレターや散文詩、ファンタジー物語もあるという幅広い内容を有する。フランスの教育者セレスタン・フレネが考案した実践的な学校改革運動で、夢見山中学ではこれを学内コンピュータネットワークに連結し、教室での学習資料として使ったり、親や地域の住民に広く公開していた。

少年Aは中学入学後の二カ月弱で、この学内ネットにに自由テキストを七回発表、うち六回が夜の王子をテーマにした創作とも実話ともつかない幻想的な文章だった。夜の王子の登場する殺人や死体損壊のホラー物語である。少年Aはいつも同じ文章でテキストを終えていた。

「夜の王子はきみのなかにきっといる」

捜査本部では少年補導の一週間まえに、中学側にこの資料の提出を求めるため捜査員を二名派遣していた。あわせて少年Aの素行や学内での様子を詳しく聞いていったという。

捜査員から断片的に集められた情報を総合すると犯行の状況はつぎの通りである。

五月十七日、日曜日午後二時半頃、少年は近くの児童遊園で顔見知りの女児と出会う。少年は女児にモデルの仕事をしている妹の撮影現場を見せてあげるといって、奥ノ山の頂上に誘いだした。自然保護課の用具小屋には、子どもたちのあいだで秘密の通路と呼ばれていた斜面床下から侵入。用具小屋内で犯行に及んだ。

少年は当初うしろから女児の首に右腕を巻きつけ、右手の先を左腕で抱えこむように絞めあげた。さらに女児を床のうえに倒し、うつぶせの姿勢で両手で首を絞め、とどめにジーンズの腰から布ベルトを抜いて女児の頸部に巻きつけ、これを絞殺した。

殺害後、夜の王子のサインを現場に残すことを思いつき、遺体にロープをかぶせ、いったん自宅に戻り、銀のスプレー式ペンキ缶をもって現場に引き返した。奥ノ山をのぼる最中にサインだけではつまらないと思い、女児をロープで梁から吊りさげるアイディアを新たに考案したという。再び現場に到着した少年は、女児の遺体をロープで吊り、衣服を乱し、乳頭部に咬傷を残すと、満足して用具小屋の壁にサインを書いた。

「夜の王子、参上！　PRINCE　OF　THE　NIGHT　これが最後ではない」

その後、自宅に戻り、家族との夕食後、通常より早めの午後九時半に就寝、翌日は中学校にいつも通り登校している。

捜査本部は五月三十日土曜日、令状執行後の家宅捜索の結果、犯行に使われた銀のスプレー、布ベルト、ホラービデオなどを押収した。

少年の自供のきっかけは、現場に残したサインと自由テキストの筆跡が鑑定で一致したとの捜査員による偽の報告だった。朝の八時から始まった聴取は、午後三時四十分少年の自供で山を越えた。少年は長時間にわたる取り調べのあいだ、終始冷静で取り乱すことはなかったという。少年が激しい反応を示したのは一度だけ、母親と妹の話に捜査員がふれたときだった。

「もし、きみの妹さんやおかあさんが殺されたら、きみはどんな気持ちになる」

そのときだけ、少年Aは短く吐くような声を漏らした。

「殺させるわけにはいかない、殺させるわけにはいかない」

少年Aはそうつぶやいて涙ぐんだが、泣きはしなかったという。


弟は六月四日に夢見山署から湊少年鑑別所に移送された。つぎの日、マイクロバスに乗ったまま児童遊園や奥ノ山をめぐる実況検分をおこなった。青いビニールシートで隠されたままのカズシを、ぼくはテレビで見た。弟の姿を見るのは、先週土曜日の朝以来だった。もっともぼくに見ることができたのは、ゴムのサンダルを履いた細いくるぶしだけだ。知っている人もテレビで見るとまるで知らない人に見える。日本中でテレビを見ている人にとってカズシは宇宙人に見えるんだろうなと思った。

金曜日の夕方、東野市からかあさんがやってきた。黒いパンツスーツに黒いブラウス、黒のパンプスにサングラス。全身黒のかあさんを見たのは初めてだった。一週間で頰がそげ落ち、首筋も頰も厳しい直線になっている。目はくぼんで目尻のしわが深くなり、まるで別人みたいだ。上野駅のホームでミズハはかあさんに抱きついて離れなかった。おじいちゃんとおばあちゃんといっしょに、ぼくは横からそれを見ていた。

ぼくたちは門前仲町のマンションに帰ると、お寿司をとってみんなで食べた。ミズハはいつまでもかあさんのそばにいたがったが、かあさんはおじいちゃんたちと大人の話があるといってぼくにミズハの相手をさせた。アンデルセンの『人魚姫』を読んでやった。どうせならリンネの『植物の種』のほうがよかったけれど、ときには譲らなきゃならない。暗くなるとミズハは疲れて寝てしまった。それでもぼくは部屋から出られないでいた。マンションの薄い壁のむこうから、かあさんとおばあちゃんの泣き声が聞こえてきたからだ。アルミサッシの窓をすこしだけ開けた。街の灯のうえに東京の明るい夜空が広がっている。梅雨にはいる直前の柔らかな春の夜だった。

ぼくはぼんやりと考えた。いったいぼくになにができるんだろうか。ミズハやかあさんやとうさんのために、少年Ａになったカズシのために、そして亡くなった女の子のために、なにかできることはないのだろうか。いくら考えてもそれはわからなかった。

その夜はひとつの部屋でかあさんとミズハとぼくと三人で寝た。寝るまえにかあさんがいった言葉をおぼえている。眠りこんでいる妹を腕に抱きながら、かあさんは低い声でいった。

「カズシは赤ちゃんの頃、すごくかわいかったのよ。いつも機嫌のいい子で、手がかからなかった。毎日朝起きると最初にね、楽しそうに天井にむかって思いきりにっこりして、キャー！　ってうれしそうな声を出すの。かわいい赤ちゃんだったな」

豆電球の明かりのしたで、そんな話を聞いた。ぼくはカズシの赤ちゃん時代をおぼえていない。でもきっとかわいかったろうと思うのだ。

「それがあんなふうになっちゃって……なぜかな、どうしてかなって、この一週間ほとんど眠らずに考えた。私とおとうさんが悪かったのかな、でもミキオもミズハもふつうに育っているしね。私にはわからないの。どうしても、あの赤ちゃんとあんなことをするカズシがつながらない。信じられない。でも、そういうだけでマスコミの人にはなんの反省もしていない、責任も感じていないって責められるのよね」

週刊誌なんかでは、かあさんは教育熱心で見栄っ張りで野心家で、妹を売りこむためならなんでもするステージママというふうに書き立てられている。才能のある妹のためにうえの兄弟ふたりを見捨てた。それで敏感な弟のほうが凶行に走ったなんていう、わかりやすい物語。

それは正しいのかもしれない、そうではないのかもしれない。物語のなかにいる鈍感な兄のぼくにはわからない。しばらく静かになった。薄目を開けてかあさんを見た。声を殺してかあさんは泣いていた。涙が目のふちからこめかみに落ちていく。白い流れは新しい涙のたびに盛りあがり、また細くなった。あとからあとから涙は続いた。でもそれもすぐに見えなくなった。今度はぼくの目が熱くなって、寝室のなかのすべてがぼやけてしまったから。

つぎの日は家族三人でお台場に出かけた。初めてだった。あいにくの曇り空で、ゆりかもめから見るお台場は、東京とは思えない広々とした土地に、点々とSF映画みたいなビルがそびえる不思議な街だった。空き地には季節はずれのオオアワダチソウの黄色い花が揺れている。

駅のそばのおおきなビルにはいった。家具屋、本屋、CDショップにお土産物屋、三人でぶらぶらと見て歩く。土曜日の午後でけっこうな人出だった。あまり楽しくはなかった。ミズハはいつもかあさんのスカートのはしをつかんで離さなかった。まわりの人と目があわないように床ばかり見ている。ぼくたちは同じビルのなかにあるレストラン街にいき、シーフードの専門店にはいった。お昼ご飯には遅い時間で、空いてるテーブルがけっこう目についた。名物だというロブスターのグリルを頼む。おおきな窓の外は外国映画に出てくるボードウォークみたいな木のすのこのバルコニーになっている。そのむこうは灰色の東京湾だ。空と海がどこかで溶けてひとつになり、一面の灰色に一段濃い灰色の貨物船やコンビナートが浮かんでいた。かあさんはご飯のあとで、ぼくたちに相談があるという。

「明日、夢見山にみんなで帰ります。でもあの家にはもう戻れないの。街のはずれに狭いけどアパートをひと部屋借りたの。そこで、ミキオとミズハはおかあさんといっしょに暮らすことになりました」

「おとうさんはいっしょじゃないの」

ミズハが心配そうに聞く。

「おとうさんとおかあさんは、残念だけど離婚することになったの」

ぼくはいった。

「やっぱり、カズシのせいで」

「そうね。おとうさんは会社に迷惑はかけられないって辞表を出したけど、引き止められてね、会社の独身寮にいるの。離婚してミキオとミズハの名字はおじいちゃんと同じに変わるけど、うちの家族は変わらないのよ。だから、心配しないでね、いいね、ミズハ」

ミズハは黙ってうなずいた。どういうことなのかわかっていないだろうと思った。

「それでね、相談って学校のことなの。ふたりとも大切な時期だしね。先生に話したらあまり長期間休むと逆に戻りづらくなるだろうって。別な学校に転校してもいいのよ。そこで、新しい名前でまたスタートする。もし、夢見山が嫌なら東京だってかまわないの。ミズハはどうしたい」

「おとうさんやお友達のそばにいたいから、夢見山がいい。でも……」

ミズハは突然ぷつぷつと涙を落とし始めた。ナプキンで拭いてやりながら、かあさんがそっと聞いた。

「でも、どうしたの。なんでもいいよ、いってごらん、ミズハ姫」

「でもね、カオルちゃんのことを思いだすから、小学校は変わりたい。おかあさん、ミズハね、カオルちゃんと仲良しだったんだよ」

そういうとミズハはうつむいて肩を震わせる。かあさんも泣いた。ぼくは窓の外を見る振りをして、頬づえをつき目元を隠した。灰色一色の世界を航海する灰色の船。船のまわりはどこもかしこも灰色。たどり着くのもきっと灰色の港なんだろう。ぼくも灰色の人生から逃れることはできないと思った。しばらくすると、かあさんがいう。

「ミキオは、どうする」

「どこにいっても変わらないんでしょ。だったらぼくは今のままの名前で、ユメ中に戻る。もう逃げてもしょうがないよ。あの人たちはどこにいっても追ってくる。それにカズシがぼくの弟であることは変わらないんだから」

かあさんはちょっと驚いた顔をする。

「ミキオ、大人になったね。そうね、同じことかもしれない」

そういうと、泣き笑いの顔になった。化粧がくずれてひどい顔。もう一度窓の外に目をやった。この灰色の世界で、ぼくになにができるかはわからない。でも、それを探し続けて、いったん見つけたら、どこまでもやろう。

いつか灰色の港に着く日まで、灰色の世界を力の限り漕ぎ続けよう。

そのときぼくは、そう決心した。

山崎の予想通り、奥ノ山の女児殺害事件は犯人の補導後も、いっこうに報道が収まる気配が見えなかった。逆に、新聞、テレビ、週刊誌とあらゆるメディアで取材合戦は一段と激しさを増していく。写真週刊誌による少年Aの顔写真と実名の掲載は、全国でおおきな論議を呼んでいた。少年犯罪の凶悪化を問題視する保守派と少年の人権を擁護する革新派の、いつもながらのすれ違いの論戦。山崎はどちらの論理にもうなずける部分を見いだすことができた。問題の写真週刊誌は駅の売店やコンビニエンスストア、大手書店などでは販売中止が相次いでいた。しかし少年Aの報道を続ける限り、顔写真と実名が出るか出ないかは、実はたいした相違ではないのではないかと山崎は思っている。どのような形であれ報道を続ければ、この事件に注目が集まることは避けられない。そして集中する視線の圧力が、結局は事件にかかわる人々を押し潰していくことになるだろう。

朝風新聞でも、奥ノ山の女児殺害事件を扱わない日はなかった。

少年Aの補導後は、少年を直接知る夢見山の子どもたちに、報道陣の取材は集中した。学校やPTAサイドでは、子どもたちへの取材を拒否する旨の通達を報道各社に流したが効果は薄かった。関係者に直接話を聞くことは、取材の基本中の基本である。マスコミに対する拒否反応が激しさを増し、いくら心苦しくなっても、報道の仕事を続ける限り、記者たちもこの一線を譲ることはできなかった。ニュータウンの通学路や児童遊園、東野第三小学校や夢見山中学のまえには各社のカメラマンが立ち並んだ。少年Aと被害者の女児宅近くのインターフォンにはいきなりマイクがつきつけられ、ワイドショーの突撃取材が連日敢行された。この頃山崎が支局長から命じられた仕事も、少年Aの心の闇にできる限り光りをあて、犯行の動機を明らかにすることであった。

山崎は二キロ四方のさして広いとはいえない夢見山ニュータウンを、子どもたちの影を探して毎日歩き続けた。その少年たちに出会ったのは、少年Aの住む南西地区にあるコンビニの駐車場だった。缶コーヒーをさげて、自動ドアを出てきた山崎に声をかけてきたのは、アスファルトの地面に腰をおろした四人組のひとりだった。中学生くらいだろうか。だぶだぶのTシャツとジーンズの着こなしは、都会の子どもと変わらない。

「ねえ、おたく、新聞かなんかの記者でしょ。いいもんあるよ、買わない」

悪びれてはいなかった。明るい笑顔を見せる。

「なんだい、話ならきかせてもらいたいな」

「いいや、話なんかじゃない。もっといいもの。おれたち『夜の王子』の小学校の卒業アルバムとあいつのクラスの文集もってるんだ」

文集という言葉に山崎の心が動いた。

「見せてくれるかい」

「だから、買ったらいくらでも見れるだろ。今のところオークションの最高値は、週刊誌の記者がつけた十二万なんだ。そっちは、いくら出せるの」

山崎は首を振った。いくらなんでも、そんなものに金を出すことはできない。十二万円もの大金を少年たちに渡すという記者の存在が信じられなかった。

「お金ないんだね。じゃあ、住所と家族の名前と電話番号一式三万でどう」

話にならない。山崎はあきれてその場をあとにした。新聞で書かれることはないが、ニュータウンで似たような経験をした記者の話はすでに何度か聞いていた。

また別なときには少年Aの自宅そばで、高校生くらいの少女に呼びとめられたこともあった。

「すみません、三村さんの家ってこのあたりですよね」

少女は少年Aの実名を知っていた。ギンガムチェックのスカートに白いシャツとVネックの紺のセーター。どこかのお嬢さん学校の制服のような格好である。東京からJR

とバスを乗り継ぎ、少年の自宅を見るためにわざわざ足を運んだという。

この頃少年Aの自宅周辺では交通渋滞が頻発するようになっていた。全国各地のナンバープレートをつけた自動車が、無人の家のまえをゆっくりと徐行していく。なかにはクルマをおりて、表札の隣で記念写真を撮るものもいたが、ほとんどは自動車のなかから白い家をぼんやりと眺めるだけだった。たったそれだけのために、はるばる自動車を運転してやってくる無為の人たち。その神経が山崎には理解できなかった。

ニュータウンの住民の沈黙が深まるなか、少年Aの補導から一週間がすぎた。奥ノ山の女児殺害に関しては、誰も事件解決という言葉を使わなかった。そうした言葉の使用を許さない重苦しい空気がニュータウンには残っている。

梅雨をひかえて夢見山と奥ノ山の新緑は一段と深みとつやを増した。だが、それを見あげる人間は数すくなかった。ニュータウンの中央にそびえる山など存在しないかのように、住民の視線は緑の山をそれていった。


ぼくたちが夢見山に戻ったのは六月七日の日曜日。でも帰ったのはニュータウンの家ではなく街はずれのアパートだ。タクシーをおりるとき、かあさんはあたりを見まわした。田んぼのなかの青い二階建て新築アパート。カメラマンも三脚も入口のまえには見えなかった。

外階段をあがって二階の一番奥の部屋にいった。サインペンの手書きの表札はおじいちゃんの名字になっている。かあさんが鍵を開けた。はいるとすぐにビニールのタイルが敷かれたダイニング。右手がキッチンだ。格子ガラスの引き戸を開けると奥は六畳と四畳半。なにもない部屋だった。新しい畳の匂いがするだけ。

その夜は東京のデパートで買ったお弁当を冷たいまま食べた。電子レンジはないんだ。かあさんが熱いお茶をいれてくれた。六畳の部屋には14インチのテレビが畳のうえにおいてある。ぼくたちは日曜夜のテレビを見ながら冷たいお弁当を食べた。チャンネルをまわすのを忘れて（その頃テレビの番組にはかなり神経質になっていたんだけど）、七時のニュースになってしまった。トップニュースは奥ノ山事件の続報。週末にあったカズシの現場検証のビデオがいきなり飛びこんできて、部屋の温度が氷点下になった。割りばしをもつみんなの手が止まった。安っぽいビニールサンダルを履いた足元がアップになる。カズシなら絶対に買わないサンダルだ。あいつならビルケンシュトックかなんかを選ぶ。

そのときミズハがぽつりといった。横顔にはテレビの青い光り。

「カズにいちゃん、なんであんなことやっちゃったのかな」

なにげないひとことだった。それなのにうしろから頭をバットで思いきり叩かれた気がする。胸がどきどきして、息が苦しくなった。見つけた！　と思った。

なぜ弟があんなことをやったのか、その理由を探そう。

追いこまれたにしろ、自分から突きすすんだにしろ、あの状況にカズシをむかわせるなにかがあったはずだ。人を殺すことは簡単には理解できないだろう。ぼくだってそれくらいわかっている。一生かけたって無理かもしれない。でも理解しようという気持ちをなくしたらだめだと思った。カズシはこれからもずっとぼくの弟なんだから、いくら時間をかけたってかまわない。すくなくとも自分で納得できるまで、カズシの気持ちや心の動きを調べてみよう。

それが最悪のおこないでも、誰かがわかってやる必要があるのではないか。そうでなければ、犯罪をおかした人は一生ひとりぼっちになってしまう。最低の人間だって、誰かがそばに寄り添ってあげてもいいはずだ。それがぼくの弟ならなおさらじゃないか。

冷たいご飯を嚙みながら、そう思った。

カズシの事件ではこれだけ大量の報道が毎日流されている。でも、納得のいく理由を誰からも聞いたことがなかった。みんなが口々に自分の見えるところから動機の説明をするだけだ。なかには、給食で使っているプラスチック食器のせいだという人もいる。溶けだした環境ホルモンのビスフェノールAのせいで、弟の性衝動が歪《ゆが》み凶暴化したんだそうだ。

これからはすべての報道を逃げずにきちんと見よう。事件の細部だってわかっている、犯人だってはっきりしてる、時間はいくらでもかけられる。カズシの気持ちをすこしずつ明らかにしていくだけなら、名探偵じゃなくてもできるはずだ。

もっとも、実際になにをすればいいのかはまるでわからなかった。それでもあの嵐の日から八日目、真新しい部屋のなかでぼくは久しぶりに、朝まで目をさまさずに眠ることができた。

月曜日の朝は早めに三人で部屋を出た。ミズハはかあさんと新しい小学校へいくため、ぼくは朝礼のまえに先生に挨拶するため。アパートからユメ中までは歩くと三十分以上かかる。青い空を映す田んぼのなかを抜けるあぜ道を選んで歩いた。朝からウシガエルの鳴き声がする。たっぷりと水をたたえた水田を渡ってくる朝の風は、しっとりしているけれどちっとも嫌な湿気ではなかった。今度見つからないように家に戻って、マウンテンバイクを取ってこようと思った。

でも、ぼくのから元気はユメ中のエスカレーターが見えるところまでいくと急にしぼんでしまった。他のクラスの生徒の顔なら見られるけれど、うちのクラスの誰かと顔をあわせるのが怖かった。始業時間の一時間近くまえだから、あまり登校する生徒の数は多くない。ぼくはうつむいたまま、夢見山の山腹をエスカレーターで運ばれていった。終点に近くなると緊張も高まっていく。ガラスのチューブのなかを、朝の挨拶がこだまする。ユメ中では、七時すぎから学級委員がエスカレーターの出口に立って、登校してくる全員に挨拶し、遅刻した生徒をチェックするようになっている。

この遅刻の数なんかは五つある学舎のあいだの競争だ。清掃、ボランティア、忘れ物、それに合唱コンクールや運動会なんか、すべて点数化されて学舎のポイントになっていく。一年間のこの競争でトップになるのが、ユメ中ではすごく名誉なことになっているんだ。だからみんな年度末になると目の色を変えて、老人ホームをまわったり、通りを掃除したりする。

エスカレーターのステップが水平になってきた。もういくしかない。ぼくは覚悟を決めて、顔をあげた。

「おはようございます」

思いきり声を張ろうとして、裏返ってしまう。情けない挨拶。

「おはようございます」

十数人分の元気のいい声が返ってくる。おり口のガラスブロックのゲートの両わきに全クラスの学級委員が並んでいた。先頭は長沢くんだった。隣には美佐子先生もいる。

「お帰り、ジャガ」

長沢くんと一瞬目があった。ぼくをどう扱ったらいいのかわからなくて緊張しているのがわかった。気を使ってくれている。不思議だけどそれで、いっぺんに緊張がほぐれた。ぼくは黙って長沢くんにうなずいた。

美佐子先生といっしょに母校舎の校長室にむかった。そんな形で校長室にはいるのは初めてだ。ノックしてドアを開け、朝の挨拶をする。机のむこうで書類を読んでいた里見校長が顔をあげた。全員でソファに移る。校長先生はまっすぐにぼくの目を見ていった。

「今回はとてもつらい事件だった。弟さんのことでは、本校でも事前になにかできることはなかったかたいへん反省している。だがね、校長という立場ではすぎてしまった事件より、本校で今学んでいる生徒のほうが大切だ。正直なところ弟さんより、きみのことが気にかかっていた。夢見山中学に戻ってくれて喜んでいる。しかし、マスコミの連中もいるし、残念ながら校内にもわだかまりをもったままの生徒もいるだろう。事件のまえより、きみには厳しいことがあるかもしれない。それでも、がんばれるかな」

里見校長はぼくから目を離さなかった。当の校長でさえ、取材拒否だ秘密主義だと新聞や雑誌ではさんざん書き立てられていた。ユメ中では去年も自殺した生徒がひとりいる。それもむしかえされ、体罰やいじめや登校拒否なんかの問題とからめて、ずいぶん取りあげられていた。カズシのせいで迷惑をかけたなとぼくは思った。

「なんとか、がんばります」

そういうと、隣の美佐子先生がうなずく。校長先生も満足そうだった。

「本校としても、きみを全力で守る。なにかあったら、気軽に直接私に相談して欲しい。わかったね」

「はい」

里見校長ははめ殺しの窓に目をやった。校庭には月曜日の朝礼をまえに、生徒たちが集まりだしている。

「それにしても、文部省の研究開発指定校だとか、地域のモデル校なんていわれていても学校というのは弱いものだな。ああいう事件の騒動のなかではひとたまりもない。三村くん、きみは個性を伸ばすという教育方針と今回の事件への本校の対応をどう思う」

ひとりごとをいっているのかと思ったら、急に意見を求められた。慌てる。嵐のなかで風にむかって声をあげるのがどんなにたいへんか、ぼくはこの八日間で嫌というほど体験した。こたえは簡単じゃない。

「よくわからないけれど、しかたないかもしれません」

里見校長は笑った。

「いつも自分の意見をしっかりと発表しようなんて、みんなにはいっておきながら、むずかしいもんだな。勉強することはいくつになってもなくならない。さあ、いっしょに朝礼にいこう」

それでぼくたち三人は整列した全校生徒のまえを通り、朝礼台にむかった。自分といっしょのところを全校生徒に見せておく。ぼくは校長先生の心づかいがうれしかった。里見校長が台にのぼると、ぼくは二年三組の列に戻った。詰め襟の長沢くんがうなずく。車椅子からミッチーが親指を立てて合図を送ってくる。朝礼が始まった。

とうとう自分の学校へ帰ってきた、校庭にみんなと立っている。ぼくはそれだけで胸がいっぱいになった。

六月十日、少年Aの書類は湊児童相談所から湊家庭裁判所へ送致され、受理された。現行の刑法第四一条では、十四歳未満の者の行為については罰しないと規定している。これによると、夢見山の少年Aのように十三歳の少年の行為が、構成要件に該当する違法な行為であっても犯罪は成立しない。法律的には十四歳未満の少年には犯罪をおかすことはできないのである。人を殺したり、物を盗んだり、薬物を乱用したりという、違法な行為自体をおこなうのは十四歳未満でも可能だが、その行為を犯罪とし、責任を問うことは刑法上不可能だった。

奥ノ山女児殺害事件について、全国で激しい論争を巻き起こした要因のひとつはこの「触法少年」という十三歳の少年Aの存在がおおきかった。殺人をおかしても犯罪者にはならない子ども。しかも最も厳しい矯正施設である少年院へも十三歳では送致できない。初等少年院でさえ収容条件について、少年法で定められた通り、十四歳以上おおむね十六歳未満とされている。

補導の翌日からスポーツ紙などでは、少年Aは少年法を熟知しており、意識して十三歳という時期を選び、殺人という憎むべき凶行をおこなったのだと結論づけていた。犯罪者にもならず、少年院送致も不可能で、せいぜい児童自立支援施設への一年半から二年ほどの長期処遇で少年への保護は終了する。しかもそれは単なる処遇であり、犯した罪への刑罰でも応報でもなく、矯正でさえない。人を殺したいという人間にとって十三歳は最良の選択だ。

少年法の矛盾をついた極めて悪質な「犯罪」。これをきっかけに少年法を考え直そう、さらに未成年の「子ども」という存在の考え方を、根本的に見直そうという動きが広まっていた。

すでに保守派政権党の官房長官は、閣議終了後の記者会見で少年法改正に踏みこんだ意見を述べている。山崎の勤める新聞社では、慎重論が大勢を占めていたが、読者の風あたりはきわめて強かった。

同日、夢見山署では奥ノ山女児殺害事件の捜査本部が解散している。

最後の記者会見に山崎は、朝風新聞からただひとり出席していた。会見場は再び二階の会議室に戻されている。テレビカメラの列はなく、さほど広いとはいえない第一会議室には空席が目立った。いつものように出席者は堀県警捜査一課長と松浦署長の二名である。

堀課長が捜査員の奮闘とマスコミの尽力へねぎらいの言葉をかけると、松浦署長が地域住民の協力に感謝して記者会見を締めくくった。

「最後に、亡くなった女児のご冥福を衷心から、お祈りしたい。夢見山地区が一刻も早く平和な街に戻ることを願ってやみません」

質疑応答に移った。山崎が最初に声をあげる。

「署長、この事件全般について、どのような感想をおもちですか」

記者席の山崎に目をやって松浦署長がこたえた。

「少年事件というのは後味が悪いものです。地域全体で少年への取り組みを考える時期にきているのかもしれない。それから、マスコミの皆さんにお願いだが、そろそろ夢見山をそっとしてやってほしい」

第一回の記者会見と同様に、最後の記者会見も二十分足らずの短いものだった。少年が家裁へ送られ、捜査本部が解散したからといって、そう簡単にニュータウンに静けさが戻るものだろうか。山崎は何冊目かの取材ノートにメモをとりながら考えていた。水面下で事件の余波はまだまだ続くだろう。

会見終了後、山崎はいつものようにエレベーターわきの階段に急いだ。事件が解決した今なら、本音のひとことを松浦署長から引きだせるかもしれない。こつこつと規則正しい間を置いて上方へ遠ざかっていく足音を追って、山崎は一段飛ばしで白いタイル張りの階段を駆けのぼった。四階の踊り場で追いつくと松浦署長の厚い背中に声をかける。

「署長、十三歳の犯行とは驚きましたね」

松浦警視正の日に焼けた顔が肩越しに振りむいたが、足は止まらなかった。

「犯行ではない、『触法行為』だ。新聞記者は言葉に正確を期さなくちゃいけない」

山崎も松浦署長と肩を並べて、階段をのぼり始めた。

「夢見山では触法少年の事件というのは以前からあったんですか」

「あることはあった。だが他の地区に比べて特に頻繁だったというわけでもない。学校でのいたずらというのはありふれたものだ。記事にもならないのは山崎くんも知っているだろう。私にいわせれば、あのような少年は突然変異的にあらわれるんじゃないか、通常の非行とはまったく次元が違う」

山崎は以前聞いた松浦署長の家族構成を思いだした。

「署長のところにも、同じくらいの息子さんがいましたよね。警察官としての立場でなく人の親としては、どう思われますか。オフレコでけっこうです」

松浦署長は一瞬むずかしい顔をして山崎をちらりと見た。

「そういわれてもな、どうしても亡くなった女児のほうから事件を見てしまう。すくなくとも私があの子の親だったら、現行少年法を恨むだろう。とてもあの少年を許すことはできない。殺してやりたいと思うかもしれない……」

それから松浦署長は厳しい表情をゆるめた。声さえ優しくなったようだ。

「それから、うちの子については心配無用だ。親の私がまぶしいくらいすくすくと成長しているよ。正直どこまで伸びるか想像もつかないくらいだ。まあ、親の欲目かもしれんがな」

ふたりは最上階の六階に着いた。すでに署長室のまえには分厚いコピー紙の束を手に、事務方の署員が待ち構えている。

「それじゃ、ここで」

笑顔で松浦署長は山崎に片手をあげた。山崎は木目のシートが貼られた重い鉄製のドアが閉まるのを見つめていた。自分にはまだ子どもはいない。だが、あの少年Aの親もまた松浦署長と同じように、自分の子どもを愛し、信じていたのではないか。山崎にはそう思えてならなかった。

ユメ中に戻った初日はギクシャクしていたけれど、一時間目二時間目と授業がすすんでいくうちに、だんだんと身体が慣れていくのがわかった。ものすごく長いあいだ休んでいた気がするけど、たった九日間だったんだ。

休み時間のクラスメートの反応は、完全なシカトだった。ぼくへの態度はカズシの事件などまったく存在しなかったかのようだ。長沢くんやミッチーや意外なことに八住はるきなんかが、すごく気をつかってくれたけど、残りの生徒はまるで変わらない。校庭のはずれにできた水たまりの水みたいに冷静だった。ホームルームで話しあって、事件への対応を決めたのかなと思ったけれど、そうではないみたいだった。ただ関心がないんだ。

それは、授業でも同じ。どの先生もひとことも奥ノ山事件についてはふれなかった。

不思議だったが、ぼくは黙っていた。そんなことをいいだす勇気も権利もぼくにはない。学校全体でなにもなかった振りをすれば、不幸な事件はなかったことになる。まるで全校でそう決めたみたいだった。

放課後、ぼくの席に長沢くんがやってきた。休んでいたあいだのノートを貸してくれる。なかを開いてぱらぱらと確かめてみた。さすが学級委員のノートだ。すごくきれいで、そのまま印刷したら参考書になりそうなくらい。これなら、学習ノート提出でいつも長沢くんがAをもらうのはあたりまえ。

帰り道、長沢くんとミッチーと三人で夢見山エスカレーターをおりた。ニュータウン側の広場には、三脚が何台か立っていてカメラマンがぼんやりと立っていた。ぼくの顔を見つけると、全員に緊張が走り、タバコをもみ消してカメラに飛びつく。ミッチーがおどけていった。

「ジャガ、スターみたいだね」

長沢くんがミッチーに目くばせする。

「いいんだ、長沢くん。ミッチーに悪気がないのはわかってる。完全にシカトされるより冗談にしてもらったほうが、気が楽だよ」

「ごめん、ジャガ」

「いいって。それより、したで別れよう。新しいうちにカメラマンがつけてくると嫌だから」

　ぼくたちは広場でさよならをした。いつもならぼくの役だけど、その日は長沢くんがミッチーの車椅子を押していく。ふたりの背中を見送って、カメラマンたちをちらりと見た。四角いカメラバッグを肩にぼくのあとを追ってきそうなのが四、五人いる。ぼくはぺこりとお辞儀をしてから、夢見山を周回する道路沿いに歩きだした。ゆっくりと奥ノ山の裏側までくると、急に方向を変えてけもの道に飛びこんだ。曇り空のしたブナ林のなかは夜みたいに暗い。慌てて追ってくるのは足音と葉ずれ、枯れ枝を踏み折る音。だけど、この山のなかでぼくに追いつけるはずがない。例の秘密基地の緑の迷路でカメラマンをまいて、反対側の階段口をおりる。

　でもそんなことしなければよかった。ぼくの得意はアパートに着くまでしかもたなかったんだから。田んぼのなかのアパートのまえには、もうたくさんのカメラマンが集まっていた。足が重くなる。フラッシュを浴びながら、鉄の階段をのぼった。スターの悲劇か。ぼくはいいけれど、八歳でこれに耐えなくちゃならないミズハのことを考えると目のまえが暗くなった。

　玄関の鍵を開けた。狭いたたきにミズハの靴が揃えてある。カーテンはすべて閉めきられて、明かりもテレビもついていない。ミズハの名前を呼びながら狭い部屋のなかを探した。妹はどこにもいなかった。思いついて押しいれを開けてみる。

　いた。したの段。ミズハはタオルケットにくるまり丸くなって眠っていた。涙の跡は乾くと白くなって光るんだとぼくは思った。

少年Aが湊家庭裁判所に送致された翌日から、朝風新聞では自社の報道検証と少年問題を考えるための特集が、五回連続で掲載されることになった。タイトルは「夢見の森から」。

この事件ではどのマスコミも、誤報や情報の出し惜しみに悩まされていた。奥ノ山の女児殺害事件では、捜査本部から流される情報が極端にすくなかった。少年Aを追った専従捜査班は五名。警察署内の本部から分かれ、夢見山南西地区にあるマンションの一室を借り、極秘裡に少年の身辺を洗っていた。少年の自宅の下見に訪れる際も、マスコミとのバッティングを恐れ午前四時すぎに覆面車両でおこなうなど、その機密保持は徹底していた。

朝風新聞でも、目撃情報から「成人男子の犯行」と容疑者を絞りこみ、過去に性犯罪歴をもつ独身男性を中心に近隣住民の地まわりを続けていた。報道各社は補導された少年の十三歳という幼さだけでなく、予想された犯人像とのあまりの乖離《かいり》に、二重に衝撃を受けていた。

朝風新聞の前線基地は事件解決後も閉鎖されることはなかった。東京本社の社会部から派遣された記者はすでに引きあげていたが、湊総局と東野支局の記者が残り、続報を打ち続けている。山崎もその居残り組のひとりだった。

少年Aの家族が夢見山ニュータウンの郊外に、週初から新居を構えたという情報がはいったのは、月曜日の昼すぎのことだった。少年Aとその実の兄への対処の方法をめぐって、学校側とPTAのあいだで対立があったらしい。家族の新しい住所と少年の兄の復学情報は、その兄が属するクラスの父母から出入りしていた数名の記者にリークされたという。

これ以上、名門進学校の近辺でマスコミに騒がれては、子どもたちの勉強に差し障る、ひいては受験に悪影響が出るというのが、少年の兄の復学に反対する父母側のいい分である。なにかというと受験をもちだすのは、PTAの悪い癖だと山崎は思った。自分勝手な理屈で、なんの罪も犯していない少年Aの兄から教育の機会を奪うのは、とても正当とはいえない。いつかあの純朴そうな少年とふたりだけで話さなければいけないと山崎は考えていた。あの嵐の夜走り去っていったちいさな背中が頭に焼きついている。少年Aの触法行為の動機を解明するためにも、すこしは役立つかもしれない。

山崎にとって、亡くなった九歳の女の子と同じように、あの少年Aの兄も奥ノ山事件の被害者だった。犯罪報道による犯人の家族への報復被害は、いつの時代も深刻なものである。自殺、離婚、退転職、転居、営業不振、破談、登校拒否、いたずら電話等の嫌がらせ。その結果を考えると山崎は自分自身の仕事についても疑いをもたざるを得なかった。

凶悪な犯罪によって傷つけられた市民感情のうねりは、逆巻く濁流となって犯人の家族を呑みこんでいく。このうねりの激しさは、報道に携わる人間には身近なものだ。それでも目のまえで堰《せき》を切る暗い力の恐ろしさ、とめどなさに慣れることはできなかった。無数の人間が放つ、個々で見ればほんのわずかな怒りが、結局は雪崩《なだれ》を打って犯人の家族を押し潰していく。

傷つけられた正義の感情。山崎はそれほど激しく容赦ない力を知らなかった。

あんな事件を起こしたカズシの気持ちをすこしずつ明らかにしていく。そう決心したのはいいけれど、どうすればいいのかぼくにはわからなかった。そういうときは、自分がすでにわかっていることをやればいいと誰か頭のいい人がいっていた。

ぼくがすこしわかっていることといえば、植物観察とフィールドワークだ。そこで一番大切なのは、同定と分類なんだ。

同定なんていうとむずかしい哲学用語みたいだけど、そんなことない。地質学者なら岩石の種類を識別する。気象学者は雲の種類を認識する。エンジニアなら機械の部品を選別する。そんなの普通のことだ。同定というのは、世界を理解するためにまず最初にぼくたちがすることだ。雲が雲であること、星が星であることを理解する。ある対象がその対象自身であるための本質を正しく認識すること。なんだか、硬くなっちゃうな。

例えばかわいい花をつけた草を道端で見つける。花の形や花冠のつくりやめしべの数、葉のかたちや根のはりかたなんかを観察して、同定の決め手をしっかりとつかむ。そうしたら自分の観察を植物図鑑なんかの専門的な文献でもう一度検証する。それを繰り返していくだけでいい。しっかりした同定ができれば、自然に植物の種類を分けていくこともできるようになる。きちんと系統を立てて種類を分けていくことが分類することだ。

犯罪の捜査なんかにくらべると、植物観察はずっと簡単だ。

奥ノ山事件で、ぼくに調べられる分野はふたつあるとぼくは思った。

まず最初に、うちの家族や学校の友人、そして本やマンガ、見ていたビデオなど直接カズシがふれた人や情報を中心にした調査対象。これはぼくの得意分野でいえば、植物が実際に生きている世界のなかで観察を深めるフィールドワークに近いと思う。

そしてもうひとつは、たくさんの人が新聞や雑誌に書いている奥ノ山事件のレポートや、ちょっと幅を広げて少年犯罪や殺人全般についてまとめられた資料を調べること。こちらは、植物学なら文献調査になる。

焦ることはない、こつこついこう。こつこつやるといいことあるなんてCMもあったし。なんといってもこれだけ考えるのに、ぼくには休みやすみ一週間かかった。ぼくの頭はあまり回転の速いほうじゃないんだ。面倒になったこともあったけど、投げだすことはしなかった。だって今の世のなか、ぼくみたいに顔も成績もよくないのに、諦めだけよかったりすると生きていけない。

六月十三日、お休みの土曜日、文献調査のためにアパートを出た。いき先は夢見山市民図書館ではなくて、東野中央図書館だ。あっちのほうが三倍くらい本が多いから。

でもそのまえに、済ませなきゃならない用事があった。マウンテンバイクで夢見山に走る。山にはいると、どこかに花がないか探して歩いた。すぐにブナのしたに群れて咲いているクルマバソウを見つけた。茎の一カ所から輪生した葉と花茎の先端に十個くらいかたまって咲く可憐な白い花が特徴だ。暗いブナ林のなかではよく目立つ。ぼくはフイールドナイフで茎を伐り、十数本の野草の花束をつくった。コンクリートの歩道に戻り、道路の裂けめから噴きだすように生えているオヒシバを引っこ抜く。茎の根元は薄緑でぴかぴかに光ってビニールみたいだ。丈夫なオヒシバの茎で花束のしたをしっかりとしばった。ぼくのおこづかいじゃあ、花屋さんの花は買えない。

そして、自転車に乗り最初の目的地にむかう。「迫然寺《はくぜんじ》」は亡くなった女の子のお墓があるお寺だ。ぼくは田んぼのなか、片手で花束をもったまま走った。梅雨にはいったばかりなのに、今年は雨がすくない。梅雨の晴れ間の気持ちいい風に吹かれて、車輪はまわる。

夢見山の北東のはずれ、田んぼのなかに緑の島が見えてきた。まっすぐに杉が空に伸びている。人工的に植林された森だ。近づいていくと立派なコンクリートの門が建っている。自転車を奥まった杉の幹に立てかけ、門のなかをのぞきこんだ。人がいないのを確かめる。なかにはいるとすぐにたくさんのお墓が並んでいた。正面にはこれも真新しいコンクリートの本堂がどっしりと腰を落としている。

墓石の列に隠れ、ひとつずつ家名を確かめていく。三分の一ほど見ていくと、線香のいい匂いが流れてきた。あった。向井家の墓。ピンク色のガーベラが供えられている。お菓子の「森のきのこ」とキティちゃんのちいさな縫いぐるみ。線香はもう消えかかっていた。ぼくはみすぼらしいクルマバソウが恥ずかしかった。一番低い段に野草の花束を置き、両手をあわせた。

（ごめんなさい……）

もう、そのあとは言葉が続かない。涙がにじんだ。

砂利を踏んで誰かが近づいてくる音がした。ぼくは逃げた。自転車を隠したところまで飛ぶように戻り、そのままあとも見ずにペダルを踏んだ。

夢見山に帰ったら毎週欠かさずにお墓参りにいこう。東京でそう決めていたのに、気持ちがぐらついた。先方にとっては迷惑なだけではないか。ただ憎らしいだけではないか、そう思った。田んぼのなかの道を自転車で思いきり飛ばす。

緑って不思議だ。そのときの気分で楽しそうにも、悲しそうにも見えるんだから。

東野中央図書館は駅まえの市役所通りにある。週末なので館内は家族連れが多く、ウィークデイのように椅子で眠りこけているサラリーマンはいなかった。

ぼくは雑誌コーナーにいき、さっそく標本採集を始めた。週刊誌、月刊誌、グラフ誌、専門誌、総合誌。奥ノ山事件やカズシのことを記事にしていそうな雑誌をすべて、バックナンバーからチェックしていく。ノートを裂いてつくったしおりは家から何百枚も用意してきた。お目当ての記事が見つかると、しおりをはさみこむ。たくさんの舌を出した雑誌がすぐに十冊くらいはたまってしまう。ある程度たまると雑誌の山をかかえて、コピー機のところまで運んだ。投入口に硬貨を落として、一枚ずつていねいにコピーを取っていく。読むのはあとでいい。できるだけたくさんの標本を集めておこうと思った。今日で間にあわなければ、日曜日もくればいい。

それから一時間半、三度目のコピー取りをしているとうしろから肩を叩かれた。

「三村くん、なにしてるの」

慌てて振りむくと八住はるきが立っていた。ジージャンにジーンズ、Tシャツの胸にはおおきな握りこぶしがプリントしてあってパワー・トゥ・ザ・ピープルと書いてある。いつもながら豪快。

「コピーを取ってる」

八住はるきはコピー機の排紙口をちらっと見た。「少年A十三歳の真実!!」恥ずかしいくらいのおおきさで見出しが躍っている。

「そうか、記事を集めてるんだ。ねえ、それ終わったらお茶しにいこう、私がおごるよ」

そういうと壁にもたれて腕を組む。しかたない、どぎまぎしながらコピーを続けた。図書館のロビーの横にある喫茶室にぼくたちははいった。市役所通りのスズカケの水かきみたいな葉が、夕日を浴びてうなだれているのが窓から見えた。アイスコーヒーをふたつ注文すると、八住はるきはテーブルに身をのりだす。

「事件の記事をコピーしてたけど、どうして」

こういうときのはるきは押しが強い。好奇心いっぱい。仕方ないのでカズシの心の動きを明らかにするという秘密の決心を話した。

「そうなんだ。動機を調べるのか。納得がゆくまで、ゆっくりと。おもしろそうだね。私にできることがあったら、協力するよ」

そういうと下唇をつきだして荒々しく息を吐く。ショートカットの前髪が揺れた。惜しい、けっこうかわいい顔してるのに。

「ありがとう、八住さんて図書委員だよね。カズシがユメ中の図書室で借りた本て調べられるのかな」

「はるきでいいよ。調べられるけど……」

はっきりした眉を寄せて考えこむ。

「あのね、図書館の司書はそういうのを外に出したらいけないことになってるんだ。思想とか信条の自由っていうのがあるじゃない。警察が図書館に容疑者の読書リストを頼んでも、図書館は普通協力しないんだよね」

「へー、そうなんだ」

そんなことぼくは初耳だった。

「でも、ジャガは弟さんを思想的に弾圧しようって訳じゃないしね。まあ、いいかな。図書室のコンピュータで調べてあげる。でも、うちの学校のコンピュータって周辺機器はカードがないと使えないじゃない。長沢くんに頼んでおいたほうがいいかもね」

ユメ中ではプリンターやカラーコピーやスキャナーみたいな周辺機器は計数カウンターがついていて、各クラスに一枚配られたカードを差しこまないと使えないようになっている。カードの管理は学級委員の仕事だ。はるきはストローでアイスコーヒーをかきまぜていう。

「私ね、あの学校あんまり好きじゃないんだ。あの事件が起きてから、もう一カ月だよね。それなのに先生たちはなにもいわないじゃない。臭いぞうきんを目のまえにぶらさげられてるのに、みんなで必死に無視しようとしてるみたい。滑稽だよね。その動機調べのフィールドワークに、私もメンバーのひとりとしていれてもらえないかな。けっこう本も読んでるし、きっとすこしは役に立つよ」

そういうとはるきはストローを抜いてグラスに直接口をつけ、アイスコーヒーを一気に飲みほした。おおきな笑顔を見せる。けっこういいやつだと思った。

「いいよ、歓迎する。八住副研究員」

ぼくたちは笑った。なにもかもひとりで背負いこんで、がちがちに硬くなることなんてなかったんだ。フィールドワークは焦らず、ていねいにやらなければいけない。仲間が増えるのはいいことだった。

六月の第二週、夢見山に戻った少年Aの家族に山崎は手紙で何度かコンタクトをとっていた。母親は取材を門前払いした補導の日のことをおぼえていた。

土曜日の午後、東野支局から思いきって新しいアパートに電話をかけてみる。少年Aの母親は突然の電話にていねいに対応してくれた。長男にインタビューしようと訪れた際の白い家のなかの様子を聞いて、山崎は電話口で言葉をなくした。その夜、少年の兄が自分の家を見に近くまで足を運んでいたことを話すと、母親も驚いている。

「ところで、お兄ちゃんは家にいるんですか」

「いいえ、でもなぜ……」

「あの夜拾った野球帽を返そうと思って。それに、ご本人が嫌がらなければすこし話をうかがえればと」

「そうですか……」

迷っているようだった。山崎は母親の息づかいに耳を澄ませる。

「わかりました。ミキオは今、東野中央図書館にいっているんです。帰ってきたら話しておきます」

「いえ、図書館ならうちのビルのむかい側です。直接いって入口で待ちます。勉強が終わってから、ほんの十分ほどですから。邪魔はしません。いいですよね」

「ええ、まあ」

山崎の勢いに押されて、母親はあいまいにうなずいたようだ。

電話を切ると、地下駐車場におりて、シビックのなかからコロラド州立大のキャップを取った。その足で東野中央図書館にいき、入口まえの花壇に腰をおろす。目のまえの自動ドアを見つめて一時間。あの少年が少年よりも背の高いボーイッシュな少女といっしょにガラス扉のむこうにあらわれた。野球帽をかぶっている山崎の姿に気づくと、驚いた顔をする。

「こんにちは、デートの邪魔だったかな」

ショートヘアの少女は異星人でも見るような目つきで山崎をにらんだ。

「なにもん、この人。じゃあね、ジャガ、月曜日に学校で」

そういうと止める間もなく歩いていってしまう。山崎はキャップをとるといった。

「怒らしちゃったみたいだね。きみは、ジャガってあだ名なんだ。あの子はガールフレンドなの」

少年は差しだされた野球帽と名刺を受け取ると慌てて首を振った。

「いえ、そんなんじゃありません」

「それにしても、きみは勇気があるね。よくユメ中に戻ったよ」

　少年はうつむいたままいった。

「どこにいっても同じですから」

「今すぐ記事に書こうなんて思って話している訳じゃないんだ。これから、たまに会って話を聞けないかな」

　少年はだまってうなずいた。

「あの、記者の人って新聞に書いていないことでも、いろいろな情報をもっているんですか」

「まあね、警察や家裁ほどじゃないけど、あることはあるよ。なにか欲しい情報があるの」

　自転車置き場にむかう少年と肩をならべて山崎も歩きだした。

「まだ、わからないんです。なにが欲しい情報なのか。それになぜ、カズシがあんな事件を起こしたのか。ぼくにはぜんぜんわからないんです」

　山崎は少年の言葉に胸を衝《つ》かれた。

「理由も動機もなかったのかもしれない。ただやりたかったからやったのかも。でもそれならそれで、なにもなかったことを納得したいんです」

「そうか……」

「弟にも誰かがそばにいてやらなきゃいけない。誰かわかってやる人がいなくちゃって思って。殺人犯を相手にそんなことを考えるのはおかしいんでしょうか。だけどあいつはぼくの弟なんです」

少年は薄暗い自転車置き場に立ったまま、ぽつぽつと話した。立ち話は十分ほど続いただろうか。少年は山崎にお辞儀をすると、オフロード用の自転車で走り去った。市役所通りの流れに消える少年の背中を見ながら、山崎も自分なりに調べてみようと思った。解決した事件を調べる、それなら新聞記者の得意技だ。

月曜日の朝礼のあとで、一時間目の授業が始まるのを待っていると、八住はるきがぼくの席にやってきて、机のうえにコピー紙の束を置いた。電話帳みたいな厚さがある。

「これ、日曜日に残りの分、取ってきた。まだ長沢くんに話してないよね。今夜の塾いっしょだから、私から話してもいいかな」

うなずくとありがとうという間もなく、自分の席に戻ってしまう。あいかわらず素早い。みんな、なんだろうという顔をしているが、はるきはぜんぜん気にしていなかった。

その日学校から帰ると、ぼくは集めた資料をすこしずつ読み始めた。むずかしすぎてよくわからないのもあったけど、ひたすら読んでいく。カズシについて実にいろいろな人が、いろいろなことを書いていた。それでも、奥ノ山事件の主な原因を分けていくと、いくつかに絞られていくようだった。

まず、カズシ個人の生まれついての資質のせいにするもの。これが一番多いみたいだ。ホラー映画好きとか流行の快楽殺人犯とか。それにうちの両親をはじめ家庭環境に原因を求めるもの。一見幸福そうでも実は壊れた家族なんて二時間ドラマみたいな話。そして、学校、受験などの教育環境のせいにするもの。こちらはどんどん幅が広くなって戦後の教育体制全般に広がっていく。ニュータウンや核家族化といった環境や時代背景で説明する記事も目についた。それから神戸の震災やオウム真理教のテロなんかといっしょに、日本全体のシステムの崩壊が原因というもの。そんなにおおごとだったんだろうか、ぼくにはぴんとこなかった。その他は数が多すぎて書ききれない。

読んでいくうちに頭が混乱してきた。ひとりの人が書いている記事でもあちこちに話が飛ぶことが多くて、植物みたいにはっきりした特徴もないみたいなんだ。考えてみるとこの事件へのみんなの考えは、誰もきちんとした分類をつくっていない。

例えば植物なら、オニアザミはキク科、ホタルブクロはキキョウ科とすぐにわかるけど、自分の子育て体験を延々と自慢してから援助交際への義憤を経由して、近頃の若い母親の条件つきの愛情を責める、という文献はどこに分けたらいいのだろう。

問題はまだある。それは名づけだ。いろいろな意見は植物のようにはっきりした命名もなく、センセーショナルだけど正確ではない題名をつけられて、ただ放りだされているだけだった。ぼくだけにわかる名前でもいいから、きちんと区別できる命名が必要だと思った。植物の場合、学名はすごく簡単につけられている。ラテン語だからむずかしそうに感じるけど、うちの生物部の顧問の先生はラテン語はヨーロッパの漢字だという。だから、いってみれば漢字二文字の名前で何千何万とある植物の種類を全部命名しているんだ。

このラテン語の二名法による命名の出発点が、ぼくの尊敬するリンネだ。二語の組みあわせは簡単。最初に名詞がきて、つぎが形容詞。Dianthus macranthus なら、おおきな花をつけるナデシコっていう意味だし、Chrysanthemum nipponicum はニッポンの菊でハマギクになる。そこで、ぼくもリンネのように記事の内容にひとつひとつ命名することにした。形容詞と名詞のぼくなりの二名法で。さっきの女性評論家なら「自己満足的な・愛情第一主義」、いつか話した環境ホルモンの専門家の大学教授なら「生化学的な・拡大解釈」というように。

これをやっていると、記事の研究にけっこうはまってしまった。ただ読んでいるより、自分で命名しながら読むほうが、十倍くらい内容がよく頭にはいった。なんで、学校の授業でこれができないのかな、ぼくはほんとうに不思議だ。

その夜電話があったのは九時すぎ。取ったのはかあさんだった。

「学級委員の長沢くんからよ」

受話器を渡された。長沢くんの細いけれど冷静な声。

「もしもし、ジャガ、八住さんから話を聞いたよ。今ふたりで、塾のそばのコンビニにいるんだけど出てこれるかな」

場所を聞いた。知っているところだ。飛ばせば自転車で十分とかからないユメ中のそばのセブン-イレブン。

「すぐにいく」

ぼくは明日の学校で必要なノートを借りにいくといって家を出た。夜家を出るときって、なぜこんなにわくわくするんだろうか。


明るい光りに照らされたコンビニの駐車場で、長沢くんと八住はるきは立っていた。でもそこにいるのは、ふたりだけじゃない。茶髪の高校生もいるし、よその中学のつっぱりも地面に腰をおろしている。車高をさげた紫や黒のクルマも停まってる。はるきはぼくの顔を見るといった。

「さっきから、あそこのつっぱりが私たちのこと、ちらちら見てるんだ。場所を変えようよ」

ぼくも長沢くんもそれには賛成だったけど、他にいくところがなかった。中学生はほんとうに不便だ。夜九時をすぎたら話をするところもないんだから。ニュータウンには喫茶店やファミリーレストランなんて一軒もない。三人で駐車場を出てぶらぶら歩きだした。ぼくはいった。

「そうだ、いい場所がある。夜なら誰も近づかないよ」

「どこ」

「奥ノ山」

「ねえ、ジャガ、それはちょっと趣味が悪くないかな」

長沢くんがそういうと、はるきがのり気で返事した。

「いいじゃない。奥ノ山ならすぐそばだし、なにも事件の現場っていうわけじゃないんでしょう」

「そう、今ちょうど花が咲いてるし、ふたりに見せようと思って」

長沢くんはやれやれという顔をする。

「わかったよ、ジャガ。それ、なんの植物なの」

「クスノキ」

それでぼくたち三人は、クスノキに会いに奥ノ山をのぼった。ブナ林のなか一本の巨大な樹がそびえる空き地に、ぼくはふたりを案内した。そのクスノキは遠くから見ると夜空に噴きあがる緑の噴水みたいだった。深緑の葉と薄緑の花の濃淡がきれいだ。近づいていくと、光沢のある葉の一枚一枚が月の光りを撥《は》ねてつやつやしている。樟脳《しょうのう》の爽やかな香りが風にのって運ばれ、ぼくたちの息に混ざった。

「ふーん、すごいね。夜見ると、なんか迫力ある」

はるきは手のひらで直径二メートル近くある幹を叩いていう。長沢くんも目のしたに広がるニュータウンの街灯りを感心したように眺めていた。

「確かにいいところだね。ところでジャガ、あの事件を調べようってほんとうなの」

「そうなんだ、別にカズシの他に犯人がいるとか、無罪だとかいってるんじゃない。でもなぜあんなことをしたのか、その気持ちがわからないかなと思って。それがすこしでもわかれば、弟が帰ってきたときになにかできるかもしれないなんて、柄にもなく思っちゃったんだ」

はるきは地面にうねる太い根っこに座り、幹にもたれかかった。

「私、あの学校なんだか気持ち悪いんだよね。事件のあの無視の仕方も、生徒も先生も」

「そんなに責めたらかわいそうだよ。あんな事件がなかったら、平和なままだったんだから」

ぼくがそういうと、長沢くんは草のうえに腰をおろした。うしろについた手で雑草をつかんでいる。

「ぼくも八住さんに賛成だな。なんだかあの学校って居心地悪いよ。ねえ、パノプティコンって言葉知ってる？」

はるきとぼくは首を振った。

「パノプティコンはイギリス人が考えだした監獄の建築様式だよ。中央に監視塔があって、それをぐるりと円環状に獄舎が取りかこむんだ。なにかに似てないかな」

「わかった、うちの母校舎と学舎でしょう」

長沢くんははるきの返事にうなずいた。

「そうなんだ。建設大臣の賞だか、なんだか知らないけれど、あの学校は中央からの最小限の視線で、生徒がきちんと監視できるような造りになってるんだ。いつも見られているかもしれない、そう思うだけでみんなちいさくなっちゃうんだよね」

「そうか、しかも渡り廊下は母校舎と学舎のあいだにしかない」

ぼくがいうと長沢くんが続けた。

「うん、それで横につながる通路がなくて、中央と結ばれた五つの学舎のあいだで生活態度や成績や文化活動や、その他全部をひっくるめて激しい競争をさせている。だから、うちの学校はつっぱりもいないし、成績もいいし、夢見山のＰＴＡには評判がいいんだよね。生徒の管理がいき届いているから」

長沢くんがそんなに熱心に話すところを初めて見た。ホームルームでは冷静に議事進行するだけだから。

「じゃあ、どうすればいいの」

はるきがいらついたように聞いた。

「どうしようもないよ、ぼくたちはただの中学生だし、三年間じっと耐えるしかない」

「私たちには、なにもできないのかな」

「ひとりひとりの個人にはできることがあるよ。プライベートなことになるけど、ぼくは……」

長沢くんはそこで黙ってしまった。言葉がとぎれると、夜の風と緑の匂いがぼくたちのあいだを埋める。

「でもさ、中学の三年がまんして、高校の三年がまんして、大学でちょっと遊んで、それから定年までがまんして働くんだよね。そうしたら、その先になにがあるのかな。結局、がまんしてるだけで、私の人生って終わっちゃうよ」

はるきはため息をついた。ぼくも同感だ。そのうえ、ぼくには事件を起こした弟までいる。がまんしてがまんして、それでいつか終わりがくる。人生ってそんなものかな。もっといつか輝くときが、真夏の熱風に全身を吹かれるみたいに、なにもかも笑いとばせるときがこないんだろうか。ぼくは草の葉をくわえながら考えていた。

それから、終わりの先にはなにがあるんだろうって話になった。死んだらどうなるんだろう、生まれるまえってなにをしていたんだろう、時間ってなんだろう。生命と死、魂や宇宙をめぐる、ばかみたいに壮大な話。ここでみんなに話しても、そんなの初めて聞いたなんてびっくりしてもらえる内容なんてぜんぜんなかった。でも、ぼくたち三人は、なぜかとても楽しかったんだ。学校の友達とそんなふうに話すことができたのは初めてだったからかもしれない。学校では心の表をかするだけの会話が、クールでかっこいいってことになってる。それでぼくたちは調子にのって月水金の週に三回、塾のあとでクスノキのしたに集まろうってことに決めた。

「私なんだか、全部どうでもよくなっちゃった。すごーく、気持ちいい」

頭のうえのほうから、はるきの声が聞こえた。その頃ぼくたちはばらばらに地面に寝そべって夜空を見あげて話していた。青い草の匂い、気弱な星の光り、それにすぐそばで自分と同じように悩んでいる同じ世代の誰かの存在。それは優しい夜だった。

はやりの歌をうたいながら、ぼくたちが奥ノ山をおりたのは、それからしばらくしてからだ。

でも、いいことばかりは続かない。その頃から、ユメ中でぼくに対する嫌がらせが始まった。最初はわからないくらい、微妙なやつ。

朝、エスカレーターまえの広場の脇にある自転車置き場にマウンテンバイクを置いて学校にいくと、夕方にはタイヤがしぼんでいる。パンクかな、バルブがゆるんだかなと調べてもなんでもないんだ。ポンプで空気をいれるとちゃんと走れる。誰かが空気を抜いているとしか思えなかった。

自転車へのいたずらは、だんだんとエスカレートする。誰かがタイヤに針を刺して、またす見えないくらいの穴が開けられた。空気を入れれば三十分くらいはもつけれど、またすぐにしぼんでしまう。朝夕に自転車置き場でポンプを使うのが、ぼくの日課になった。直してもすぐにまたやられるだけだから。

ゲタ箱にはときどき差出人のない手紙がはいっていた。家にも電話がかかってくる。どっちも内容はいっしょだった。学校を辞めろとか、人殺しの兄弟とか、おまえが代わりに死ねとか。ああいう人たちはあまり想像力がないから、いうことは変わらないんだ。それでも、すごく嫌な気分になるのは止められない。

ぼくは学校では明るくふるまっていた。嫌な目に遭うのは、ユメ中に戻ると決めたときから覚悟していたことだ。別な中学に転校してしまえば、それだけカズシの事件のフィールドワークはむずかしくなる。ぼくたちのクラスではあいかわらず、事件への完全なシカトが続いていた。かかわるだけ時間の無駄って雰囲気。嫌がらせの手紙のうち何通かはこのクラスの生徒なんだろうなと思ったけど、面とむかってぼくに学校を辞めろという人はいなかった。

フィールドワークはゆっくりとすすんでいた。ぼくはカズシが会員になっていたレンタルビデオショップで、ホラー映画を借りてはノートを取りながら見ていった。これはけっこうつらかった。興味のない映画を無理やり見るのは、学校の勉強と同じだ。はるきにその話をすると、彼女はホラーものならほとんど制覇したという。

「ホラー映画を楽しく見るコツは、これは全部遊びなんだ、お楽しみと金儲けのためにつくってるんだと思うこと。そうすると、おおげさに血がどばどば出るほど笑っちゃうよ」

確かにそうかもしれない。でも、それはカズシの見方とはちょっと違うんじゃないかと思った。カズシはこのうえなく残酷に人が殺されていくのを、ポップコーンを食べながら腹をかかえて見るというタイプじゃない。大切ななにかを探すようにいつもひとりで真剣に見ていた。首が落とされたり、腹が裂かれたり、手首が飛んだりするシーンを、まるで人間のもう一面の貴重な真実が描かれているって調子で必死に見ていたんだ。なぜかはわからないけれど、カズシにとってこちらの平凡な生の世界は、そんなに退屈だったのかもしれない。

木曜日の放課後、ぼくたち三人は図書室にいった。ユメ中の図書室は母校舎の四階全部を占めている。円形のおおきな部屋の中央には貸出カウンターとエレベーター、ぐるりを囲むのは床から天井まで張られた薄いブルーの熱線反射ガラスの窓だ。その窓から星形に母校舎を取りまく五つの学舎と夢見山・奥ノ山の森が一望できた。空梅雨の今年は、窓ガラスのせいで一層青さを増した晴天が広がっていた。

その日は二年五組が貸出当番で、図書委員のはるきは当番に挨拶するとすぐにカウンターのなかにはいった。貸出希望の生徒が列をつくると、生徒証と本の裏表紙のバーコードに読みとり機をあてて手続きを手伝う。合間にカウンターのうえに並んだもう一台のコンピュータで、カズシの借りた本を検索してくれた。

「ちょっと見て。四月から五月の二カ月だけで、三十冊近くある。弟さんて読書家だったんだね」

そういうとはるきは、液晶の画面をこちらにむけてくれた。五組の図書委員の女の子も、ぼくたちといっしょにモニタをのぞきこんだ。はるきはいう。

「千石さん、秘密にしてね。ちょっと調べていることがあるから。ジャガ、これをプリントアウトすればいいね。じゃあ、長沢くん、お願い」

長沢くんは磁気カードをもって、コピーとプリンター兼用機のところにいった。磁気カードを差しこむ。すぐにＡ４の再生紙に二十七冊の書名がプリントされて出てきた。

「ちょっと待って。ついでに、簡単だから去年から今年にかけて、その本を読んだ人のリストも出してあげるよ」

はるきは再びキーボードを操作した。二分ほどでさらに二枚のプリントアウトが終了する。こちらはその本を借りた生徒の氏名とクラス、それに貸出期間でびっしりと埋まっていた。長沢くんがいった。

「簡単なもんだね。ところでジャガ、このプリントの使用件名はどうする」

「植物図鑑の検索をしたってことにしておいて」

ユメ中では周辺機器の使用はすべてあとから申告しなければいけないようになってる。そうでもしなきゃ、アイドルのカラーコピーを何千枚も取られて、さすがに予算たっぷりの研究開発指定校だって破産する。その代わり、学内にある百台近いコンピュータはネットで結ばれいつでも自由に使えるようになっているんだ。

「そうだ」

ぼくが思わず声を出すと、長沢くんがいった。

「なにか、いいことでも思いついたの」

「自由テキストだよ。カズシの書いたテキストを、ついでにプリントアウトしてもいいかな」

「ああ、いいよ。それならジャガは遅いから、ぼくがやる」

長沢くんは書名検索室に置かれた閲覧室のコンピュータにむかった。マウスさばきがものすごく速い。画面はほんの一瞬しか止まらずつぎつぎと流れていく。すぐにユメ中のホームページに接続した。最初の画面は夢見山の頂上に建つガラスの校舎を、クレヨンで描いたかわいいイラストだ。ようこそ、夢ネットへ！　イラストのしたに並んだ五つのバーから自由テキストをクリックする。

こちらの巻頭ページには古風な活版印刷機のエッチングがあった。フレネのスローガンは「印刷機を学校に」だった。長沢くんの指がキーボードを走って、カズシ・ミムラと打ちこんだ。弟の書いたテキストを検索する。すぐにリストのウインドウがあらわれたけれど、そこには一行しかなかった。

「あれ、七本書いてたはずだけどな」

ぼくがいうと、長沢くんは残りの一本を呼びだしながらいう。

「夜の王子関係は全部、学校側が削除したんじゃないかな。出力するよ」

最後の一枚がプリントアウトされた。Ａ４の三分の二ほどを埋める文章の最初にタイトルがはいっていた。

『ほんとうのぼくは、どこにいる？』

カズシらしい題名。ぼくはうちにもって帰ってゆっくり読もうと、カバンのなかに四枚の再生紙をしまった。

少年Ａの母親が写真週刊誌に載ったのは、六月三週目のことだった。それはビニール手袋をはめて、惣菜をパックに詰めこむパート中の姿だった。東野市のスーパーの調理室をスイングドアのすき間から隠し撮りした写真で、顔には目伏せの墨ベタが四角くはいっていた。

事件解決から二十日あまり、山崎の生活もほぼ平常に復していた。支局の机にむかい写真週刊誌のページ右端のタイトルを読んだ。

「奥ノ山少年Ａの母親、生活苦から必死のアルバイト！」

記事によると少年Ａの両親は、子どもたちの将来のため形式上離婚して現在は別居中。父親は会社の独身寮に、母親は残る子ども二人を連れて、東野市郊外のアパート暮らしを始めている。現在は誰も住んでいない夢見山南西地区の一戸建ての住宅ローンに加え、アパートの家賃の重荷にあえいでいる。示談になるか民事訴訟が起こされるかは未定だが、犠牲者の女児遺族への巨額の賠償金の支払いも確実で、台所は火の車のようだ。記事の筆者は、世間知らずの母親が実社会でお金のありがたみを知るいい機会とちゃかしていた。ていねいなことに近くの不動産屋にも取材していた。この不況で夢見山のような地方都市でも不動産の資産価値は下落しており、ああした事件があったとなると、一戸建ては売るにしても取得価格の四分の一くらいではないかとのことだった。

ページの隅には失踪時に着ていたひまわり柄のワンピースで笑う亡くなった女児の写真と、少年Aの妹がCMでシチューをほおばる目伏せの写真が、あいかわらず並置されていた。どの週刊誌でも双生児のように必ずいっしょに扱われる一組の写真。こちらのキャプションは、「哀れ！　仲良しふたりの一方は天国、一方は地獄」。

山崎は写真誌を机のうえに放り投げた。商売なのだ、これは胸がむかつくその他すべてと同様に、今の日本で広くおこなわれているただの商行為なのだと自分にいい聞かせた。それでも後味の悪さは消えない。

支局長の津野が、ソファから山崎を呼んだ。正面に腰をおろした山崎にいう。

「奥ノ山事件を単行本にまとめることになった。これだけの大事件だ、読者ももっと詳細な事実を知りたいだろう。湊総局で来週、初めてのミーティングがある。きみがいってくれ」

「はい」

「あの少年Aの兄のほうはどうだ。たまに接触してはいるのかね」

「ええ、しかし取材のむずかしい無口な子で、まだめぼしい情報は得られていません」

山崎は嘘をついた。正直なところ、あの家族について現在のような世論の逆風を受ける状態で書きたくはなかった。嵐の夜、少年を実家のそばで目撃したことも山崎は伏せたままだった。記者には書かないという選択もある。いつかの大沢の言葉を思い出す。

津野は不思議そうな顔で山崎を見ている。

「昨日、審判が始まったそうだな」

「ええ、十九日の午後、湊家庭裁判所で第一回の審判が開かれています。そっちには総局のほうで取材にいってるらしいですけど、いつもの通り非公開ですから。人定質問と触法事実の告知などをして、一時間ほどで終了しています」

「どちらにしても、月末には少年審判の結果がでるわけだ。単行本のほうは、その結果を最後の章で書き加えて緊急出版することになるらしい。こうなるとヨーイドンだな」

「どういう意味ですか」

「奥ノ山事件の単行本を出すのはうちだけじゃない。全国紙四紙すべてがそろい踏みしそうだ。おかしなものはつくれんだろう。取材力の差が露骨に出るようなら、担当は飛ばされる。まあ、ごくろうだが、うちの支局を代表してがんばってくれ。それからな、山崎……」

支局長はそこで言葉を切ると窓の外に目をやった。

「なんですか」

「物を見るときは距離が大事だ。近づきすぎても、遠すぎても見えなくなる。自分の焦点距離を大切にな」

報道に寄るか、取材対象に寄るか。どちらにでも取れる微妙なアドバイスだった。山崎は内心の迷いを衝かれた気がして返答に詰まった。ソファに座ったまま軽く頭をさげる。しばらくして山崎は午後の取材のために支局を出た。いつものように他紙の社会面を広げる津野の背中が見える。抜いた抜かれたとあいも変わらず続くスクープ合戦。すでに解決しているはずのあの事件に、自分が関われることはあとどのくらいあるのだろう。あの少年と自分との正しい距離をどこで測ればいいのだろう。

それは記者として自分なりのこたえを出さねばならない質問だった。上司も先輩も同僚も頼りにならない。あの少年のことはひとりで考えなければいけないのだ。山崎にとって三年間の記者生活で、それは初めての体験だった。

プリントアウトをもって帰ると、さっそく四畳半で読み始めた。アパートの六畳はミズハとかあさんの部屋。あいだをはさむのはふすまだけだから、ホラー映画はイヤホンつきで見てる。このきゅうくつさにはなかなか慣れることができなかった。

カズシが借りだした二十七冊のリストは、なかに何冊かミステリーや怪奇小説があるけれど、ほとんどはむずかしそうな哲学や心理学、それに殺人の歴史や戦史を扱ったものだった。四月三日の入学式から十日がすぎた四月三週目から、任意同行された五月終わりまでの七週間で二十七冊も借りている。一週間に四冊弱。すごいペースだ。週に一回か二回カズシが学校を休んでいたのは、この本を読むためだったのかもしれない。

つぎにただひとつ残されたカズシの自由テキストを読んでみる。

ほんとうのぼくは、どこにいる?　　　　三村和枝

家にいても、中学校にいても、ぼくはぼくである感じがしません。十三歳の人間の皮のなかに、汚れた水と泡を詰めたただのクッションみたいな気がします。外で起こることは、みんなこのクッションに吸い取られて、ぼくには伝わってこない。

ただ、ぼくの好きな映画や本や音楽に集中しているときだけ、ぼくは自分がすこし自分のなかに帰ってくるのを感じます。こんなカラッポの感じはぼくだけかと思っていましたが、Mさんも同じだということを、ぼくは発見しました。

それだけでも、この中学校にはいってよかった。Mさんは学校のことなどいろいろ指導してくれるし、ほんとうのおにいさんみたいです。

ぼくはそれでも不思議です。ほかの人と同じようにカラッポであるのがわかっても、ぼくのカラッポはなくならない。孤独な人と孤独な人が出会うと、1足す1はやっぱり1になる。

ほんとうのぼくは、どこにいるんだろう？　いつも横に立って冷たく笑っているカラッポなぼくが消え去って、ほんとうのぼくが夢中で取り組める「真実」の行為があるのだろうか？　いつかそんなことができる日を、ぼくは待ちたいと思います。柔らかなクッションの皮を、やぶらないように注意しながら。

カズシらしい文章だった。ぼくは病的とは思わなかった。誰だって自分がすごく空っぽに感じることはある。でもその感じかたが、鈍いぼくより敏感なカズシはうんと激しかったのかもしれない。感じた痛みが強すぎて、心が裂けてしまったのかもしれない。ぼくは自分の鈍さに感謝するほうがいいのだろうか。

それから、最後の二枚に軽く目を通す。カズシが借りた本を去年一年間さかのぼって借りた生徒のリストだ。江戸川乱歩なんかは、人気が高くて二十人以上の人が借りていた。だけどほとんどの本では、借り手は三人以下だった。そのリストを流し読んでいくと、おかしなことに気がついた。

カズシが借りたどの本も、必ずカズシのまえに読んでいる人がいる。二年五組の松浦慎吾くん。あの伝説の秀才だった。二十七冊のうち、松浦くんは実に二十五冊も先に読んでいた。ほかにリストのなかで重複する名前もあったけれど、それはせいぜい五冊まで。これはいったいなにを意味してるんだろう。松浦くんは図書室の本をすべて読んでいるんだろうか。

例えばフランクルの『夜と霧』、ニーチェの『ツァラトゥストラはこう言った』、内田百閒の『東京焼尽』という三冊の本なんかは、二年間で松浦くんとカズシのふたりしか借りていない。カズシは松浦くんに読書指導でもされていたんだろうか。わからないことばかりだった。

ただひとついえるのは松浦くんとカズシの好きな本の傾向が同じらしいこと、それに松浦くんのイニシャルも間違いなくＭであることだ。明日の夜になったら、クスノキのしたで長沢くんとはるきに相談しようと、ぼくは心に決めた。

つぎの朝、第三学舎のげた箱を開けると、写真週刊誌がはいっていた。とりだすとダブルクリップでなかのページが止めてある。開くとうちのかあさんが、スーパーで働いている写真。だけど気味が悪いのは、そっちじゃない。赤いマジックでべったり塗りつぶしたミズハの顔のほうだった。文字のメッセージはなにもない。

殴り書きで見慣れた脅し文句が躍っているだけの手紙なら、もう別に気にもならないけれど、その写真誌はちょっと不気味だった。思わず上履きのなかに、ガラスの破片か画鋲でも入っていないか確認する。大丈夫だった。これまでのところ、直接ぼくに危害を加えるような具体的な脅迫はない。ぼくはげた箱の横にあるくずかごに写真誌を捨てると、二階の教室にあがった。

長沢くんとはるきは、学校では特に親しい素振りは見せなかった。まったく今まで通り。はるきとは一日に一度声をかけるくらいだし、長沢くんはクラスの問題児の面倒を見る学級委員という感じでぼくにあわせてくれた。それでも、給食の配膳をするはるきと列に並んだぼくと長沢くんのあいだで、目くばせを交わしあうことなんかもある。みんなには内緒で、三人だけの秘密があるというのは、なんだかくすぐったいような感じだった。

夜九時、ぼくたちはコンビニの駐車場に集まる。星の見えない厚い曇り空のした、奥ノ山にのぼり、夜空よりも暗いクスノキの陰に座りこむ。弟の問題にいつか片がついても、この集会がいつまでも続くといいなとぼくは思った。カズシの貸出リストの話をすると、黙って聞いていたはるきがいった。

「二十七分の二十五か、確かに偶然にしては多すぎるね。松浦くんと弟さんのあいだになにか関係があったのかな。それに自由テキストも怪しいじゃん」

「でも、松浦くんのリストも見てみないと、わからないよ。ただの偶然かもしれない。警察なんかでは、こういうのを状況証拠っていうんでしょ」

さすがに長沢くんは冷静だった。

「そうだね。ぼくは来週の月曜日にでも松浦くんに直接会って話してみる。別に偶然なら偶然でもいいし、もし松浦くんがカズシと仲がよかったら、カズシの話も聞けるしね」

「じゃあ、私は松浦くんの貸出リストを調べてみるよ」

長沢くんがおかしな顔をしていた。

「どうかしたの」

ぼくが聞くといいにくそうに話し始めた。

「学舎対抗で第五学舎が断然トップなのは、ジャガも知ってるよね。でも第五には変な噂があるんだ。遅刻をしたり忘れ物をすると、学級委員が他の生徒にその子を叩かせたりするんだって。ほんとうかどうかは知らないけど、第五の総合成績が異常にいいから怪しんでる人がいる」

はるきは草のうえにひっくり返るという。

「うわー気持ち悪い。私、第五学舎じゃなくてよかったよ。確かにあそこ異常に結束固いよね。それにしても、来週から期末試験まえ一週間か。気が重いなあ」

ユメ中では試験まえの一週間は、クラブや文化活動も休止。放課後はすぐ家に帰って試験勉強をするようにいわれるし、学校中がテスト直前のぴりぴりした雰囲気になる。

ぼくはいった。

「来週はこのミーティングどうする？　ふたりとも忙しくなるんでしょう」

「私はそうでもない。長沢くんは」

「ぼくもいいよ。塾のあとでこうして三十分くらい、試験とはまったく関係ない話をするのは、心の衛生にいいって気がする」

そういうと長沢くんはクスノキを見あげた。夜の空に張りだしたクスノキの枝の直径は二十メートルくらいある。黒い雲にすっぽりと覆われてしまい、絶対の安全に守られているような感じ。目をおろすとニュータウンのきちんとます目に区切られた街灯りが足元に光っている。秩序と競争と声にならない嫉妬の光りだ。美しいはずの街の灯が、ぼくにはとても冷たく無関心に見えた。


土曜日の放課後、ぼくはまた迫然寺の女の子のお墓に野草の花束を供えにいった。今度の花は夢見山をくだるちいさな流れのわきに自生していたオオマツヨイグサ。セイタカアワダチソウによく似た背の高い茎の先端にレモンイエローの大輪を十個近くつけている。けっこう華やかで、五本も束ねると立派な花束になった。また人がいないか確めてから、ぼくはお寺にはいった。墓石に手をあわせるときも、誰にも見つからなかったと思う。

それから、一泊分の荷物を詰めたデイパックを背に、自転車でとうさんの会社にむかった。とうさんは週末になると必ず新しいアパートに来ていたけれど、たまには男同士で話をするのもいいじゃないかと誘われたから。ぼくはとうさんにそんなことをいわれたのは初めてだったので、ちょっと驚いた。

田んぼのなかを抜ける国道を海側に五キロも走ると、とうさんの会社の何百メートルも続くコンクリート塀が見えてくる。ぼくは正面の入口で自転車をおりて、ガードマンの詰所に顔を出した。

「こんにちは」

「はい、こんにちは。どの部署にいくのかな」

制帽からのぞく髪の毛が半分白い、初老のおとなしそうな人だった。

「研究所の三村に会いに来ました。ぼくは長男です」

ガードマンの顔に驚きが走った。すぐそばで見ているると顔の真んなかになにかがぶつかって、それが周辺に衝撃を伝えながらさっと広がっていくみたいだ。

「そうか、たいへんだったね。通っていいよ」

うなずいてくれた。

「そうだ……これもっていきなさい」

そういうとその人は机の引き出しを開けて、なかからなにか取りだしぼくにくれた。しっとりと柔らかな手ごたえ。新聞チラシにくるんだ豆大福だった。お辞儀をして受け取った。事件の反応は確かに嫌なことのほうが多かった。でも、あの新聞記者の人やこのガードマンのおじさんみたいに、いい人もいた。そういう人についてもいっておかなければ不公平だ。いい人はいる。頼りになるとか、助けてくれるとか、自分のためになるとか、そういうんじゃなくて。

体育館みたいにおおきな工場棟のあいだを通り抜け、自転車を押して敷地の一番奥の研究所にむかった。不景気と土曜日が重なって動いている施設は数すくない。研究所の隣の三階建ての独身寮にはいっていく。とうさんの説によると、徹夜で仕事をしてすぐに戻って眠れるように研究所のすぐそばに寮があるんだそうだ。

とうさんは三階の一番奥のふたり部屋の十畳間をひとりで使っていた。ノックしてドアを開けると片方のベッドに転がって、カメラ雑誌を読んでいる。ぼくたちの会話は学校やミズハのことなど、あたりさわりのないところをうろうろとした。

夕食は一階の食堂で食べた。とうさんはビールを一本飲む。それだけで真っ赤になってしまう。おおきなお風呂があるのだけれど、なんとなく恥ずかしくてぼくたちは別々にはいった。だから、きちんと話をしたのは、灯りを消して部屋の両はじに置いてあるベッドにそれぞれ横になってからだ。ぼくととうさんの会話はこうしていつも遠まわりする。でも父と息子ってそういうもんだよね。とうさんはぜんぜん気にしてないって感じで、暗い天井にむかってぽつりといった。

「最近、ホラービデオをたくさん見てるそうだね」

「かあさんに聞いたの」

「まあ」

「心配しないでいいよ。あれはフィールドワークなんだから。カズシの気持ちを調べるための。すこしでもわかってやれたら、あいつが帰ってきたときに、なにか役に立てるんじゃないかって思ったんだ」

「そうか、ミキオもいろいろ考えてるんだな。おまえ、名字も三村のままでいいってかあさんにいったそうだね」

「そう。逃げてもしょうがないから。カズシがぼくの弟であることは、一生変わらない」

「そうだな……」

感心したようにいうと、とうさんは続ける。「でもこのところ、夜出かけることが多いんだろう」

「かあさんもおしゃべりだね。とうさんにだけいっておくけど、あれは学級委員の長沢くんなんかと会って話をしてるんだ。中学生だって学校では話せないことがたくさんあるから。なんだか初めてあの中学で友達ができたような気がする。心配するようなことじゃないよ」

会う場所も、女の子がひとりメンバーにはいっていることもいわなかった。でも嘘はついていない。

「そうか、それならいいんだ。こんどの件ではまいったよ。とうさんが仕事ばかりじゃなく、カズシやみんなとすごす時間をたくさんとって、話を聞いていればこんなことにならなかったんじゃないか。家長はとうさんなんだから、責任も一番重大だ。そう考えると夜も眠れなかった」

「うちの家族が悪いんなら、日本中にカズシみたいになる子どもは、百万人だっているよ。うちのせいもあるかもしれないけど、それだけのはずがないよ」

それは雑誌や新聞の切り抜きのほとんどを読んで、命名・分類したぼくの結論だった。あれは家族や時代や環境、そして個人の心因性や器質性といった、どれか一要因のせいでおこなわれた事件ではないんじゃないか。そんなふうにいうと人間がやることなんて、晩ご飯のおかずひとつ決めるんでも、そういう複雑な状況の絡みあいになっちゃうけど。でも、ぼくはそう思ったんだ。すべての状況がGOサインを出したあとで、さらになにか決定的な力がカズシの背中を押したんじゃないかって。

「なあ、ミキオ」

しばらく黙っていたとうさんがいう。

「正直にいうが、おまえはカズシのおかげで一生残るハンディを負った。学校まではともかく、就職や結婚は人の何倍も努力しなければいけなくなる。将来、なにかやりたいことはあるのか」

ぼくは困った。やりたいことはあるけれど、雲をつかむみたいな話だ。しかたないので時間稼ぎをする。

「とうさんが仕事を選ぶときはどうしたの」

「うーん、こっちの場合ははっきりとこたえが出る数学とか化学とかが、学生時代から好きでね。大学院を出てから自然に今の会社にはいって研究職になったんだ。就職は教授のコネだし、苦労もなかった」

「今の仕事は楽しいの、満足してる？」

しばらく返事はなかった。工場の三角屋根が風を切る音が聞こえる。

「あのね、ミキオ。仕事にはいいことも悪いこともある。楽しいだけの仕事なんてないよ。いっしょに研究所にはいった学生時代の友人がいる。それぞれ別なグループに配属されて、当時白黒しかなかった液晶ディスプレイのカラー化を競いあっていた。入社して二、三年の頃かな。うちのグループには優秀な人がいてね、たまたまうちが勝った。そんな勝ち負けで二度ほど負けたそいつは、今工場のラインの保守をやっている。液晶ディスプレイ、ワープロ、ハードディスク、今は携帯電話の基盤、製品はころころ変わっておぼえるのが大変だそうだ。保守の仕事が悪いわけじゃないぞ。だが、学生時代はとうさんよりもずっと優秀なやつだった。もっと彼の力が生かせる場所があったのにな

と今も残念に思う。仕事には理不尽なことが多いよ」

とうさんからそんな話を聞くのは初めてだった。うちに帰ってきて仕事の話をすることなんてめったになかったから。

「続けて、もっととうさんの仕事の話を聞きたいよ」

「退屈じゃないか」

「おもしろいよ」

話の内容ではないんだ、ぼくはとうさんに興味があるんだから。

「とうさんの仕事は紙と鉛筆があればできる、理論物理みたいなものじゃない。世界や宇宙の謎を解いたり、おおむこうに受けるような華々しいことはないんだ。こつこつと地道な研究を続けて、生活に役立つ要素技術を実用化する。科学の現場の肉体労働みたいなもんだ。例えば今は超薄型のポリマー二次電池を研究してる。実用化するには何百種類も試験材料を組みあわせて、どれが一番イオンを通すか、一番コストが安いかひとつひとつ確かめていかなきゃならない。ノルマも残業もたくさんあるし、家族の顔だってろくに見られない」

「だけど、それでみんなが便利になるんでしょう」

「まあ、そうだ。でもノートブックパソコンの厚さが三センチから一・五センチになって、薄型の流行でちょっとばかり売れて、それがほんとうに役に立ったといえるのか。そんなことのために家族まで犠牲にする必要はあるのかって最近は思うな。なあ、ミキオ、おまえはなにか変わらないものを選んで、それを一生の仕事にするといいんじゃないか。技術革新だの、流行だのっていうんじゃなく。日本も変わらないものを大切にする時代になってきたような気がするんだ。とうさんの希望的観測かもしれないけどな」

そうだねとこたえて、ぼくは植物の話をした。いつかなれたらいいなと思う自然保護官や植物園の管理員の話も。でもそんな仕事ができる人の数はひどく限られている。同じ植物研究でも、とうさんのように研究者になって、何百種類もの植物から薬理作用を探し、新薬をつくるような仕事は無理みたいだといった。

「それでいい。精一杯がんばってみろよ。すくなくとも緑にはやりすたりはないだろうからな」

真夜中をすぎて、ぼくたちはおやすみの挨拶をした。こんなふうにとうさんと話したのは初めてだった。明日の朝ご飯で顔をあわせるのが恥ずかしいだろうなと思った。でも、こういうのはうちの家族だけじゃないと思う。日本の家族のほとんどは、正面からぶつかりあわずに、お互いの胸の奥にある言葉を静かに推し測りながら暮らしている。相手に気を配り、傷をつけないように、大切なことはそっとしまったまま。

うちのように壊れてしまった家族だって、それは変わらなかった。そうやって家族同士いたわりながら暮らすのは悪くないし、とても素敵だとさえぼくは思う。だけど、問題なのは、ときにはそれだけじゃ足りなくなるってことだ。そしてなにが足りないのか、家族の内側からは決してわからない。

月曜日、期末試験を一週間後に控えているというだけでユメ中の雰囲気はすっかり変わっていた。みんな誰かに自分を計られるのを恐れて、萎縮してしまっているようだった。朝の挨拶の声もちいさいし、すぐに視線がわきにそれていく。そういうぼくだって似たようなものだった。今度の試験はだめだろうなと諦めの気分。長い間学校も休んでいるし、このところカズシの事件にばかり集中している。自分で決めたことだから後悔はしていないけど、とうさんと話した目標のためには勉強だってしなくちゃいけない。今の社会では牧野《まきの》富太郎《とみたろう》博士のように、大学にいかずに植物学者になる道はないのだろうか。

もうすぐ午後の授業が始まるお昼休みの最後の十分、はるきが教室に小走りではいってきた。ぼくは長沢くんに期末の山を教えてもらっていたところ。はるきはめずらしくぼくたちのところにまっすぐぐくると話しかけてきた。ちいさいけれど緊張した声。

「ねえねえ、驚いちゃった。カズシくんの貸出リストがコンピュータのファイルから削除されてたよ」

ぼくは長沢くんと顔を見あわせる。

「どういう意味」

「私が松浦くんのリストを出力してから、ついでに自分用にカズシくんのも出しておこうかなと思って呼びだしても、からっぽなの。この数日のあいだに誰かがカズシくんのリストを消しちゃったんだ。それから、これ」

そういうと、はるきはA4の再生紙をぼくに、プラスチックのカードを長沢くんに渡す。その紙は一枚に三十冊の書名が並んでいた。八枚目の三分の一くらいまでびっしりと。

「すごい読書量だね」

　長沢くんがあきれていうと、はるきがこたえた。

「そうね。一年と三カ月で二百冊以上ある。弟さんから見ればほとんどの本は重なっているけど、松浦くんからすればそんなのただの偶然かもしれない。同じ本を読んだといっても十分の一くらいだもの」

　それよりもカズシの貸出リストの削除のほうが気になった。

「そのリストって簡単に消せるものなの」

「元のデータベースに戻って一冊一冊消していかなきゃならないから、けっこう面倒だと思う。私たちが見たのが木曜日だよね。だから金曜か土曜のどっちかで誰かが、コンピュータをいじってたんだ。なんだか、それってすごくない？」

　はるきは楽しんでいるようだったが、ぼくは不気味に思った。誰かがぼくたちを監視している気がした。カズシの事件をそっと眠らせたままにしておきたい誰かが。

「どうする、ジャガ」

「いいよ、やっぱり今日の放課後、松浦くんに話を聞きにいってみる」

履き替えた上履きを手にさげて、第五学舎にむかったのは六時間目が終わってすぐだった。長沢くんとはるきには、夜クスノキのしたで結果を報告することになっている。うちの学舎とまったく同じ造りの階段をのぼり、二階の二年五組にむかう。同じ建物のなかにまるで別な生徒がいるというのは不思議な感覚だった。夢見山中学というおおきな機械のスペアパーツになった気がする。五組の教室のうしろの出入り口から、近くにいた女子に声をかけて、松浦くんを呼びだしてもらった。教室中の視線が集まってひどく恥ずかしい。廊下で待っていると、黒い革のカバンをさげた松浦くんがやってきた。白いシャツに濃いグレイのサマーウールのパンツ姿だった。

「三組の三村くんだね。夢見山の植物分布図、見事だったよ。これから、帰るところだから、歩きながら話を聞かせてもらっていいかな」

春休みの自主研究をほめてくれた。松浦くんはいつも屋内の剣道場でクラブ活動をしているせいか、がっしりして背が高いけれど色がひどく白かった。白い顔にさらに白い歯をのぞかせる。ぼくはテレビで見た若い頃の加山雄三を思いだした。夏の水平線のうえの雲みたいだ。まぶしくて爽やか。

ぼくたちは並んで廊下を歩いていった。いっしょだとなんだか誇らしい気分になってくる。それは松浦くんが周囲に放っている雰囲気のせいもあるし、まわりの生徒がぼくたちに送る視線や挨拶なんかがぜんぜん違うからだ。第三学舎ではみんな勝手にばらばらと帰っていくだけなのだけれど、第五は違う。帰るときも必ず、さようならの挨拶がある。松浦くんは通りかかるすべての生徒ににこやかに声をかけ、その合間にいう。

「弟さんのことは残念だったね。ぼくはカズシくんの指導生だったんだ。第五学舎には伝統的に一年の新入生ひとりひとりに二年のコーチがつくことになってる。聞いていたんだろう」

初耳だった。カズシは学校でのことをほとんど、家では話さなかった。

「いいや。その指導ってどんなことをするの。いい本なんかがあるとすすめていたりしたのかな」

「ああ、本なら何冊か推薦したよ」

松浦くんはあっさりと認める。上履きを黒いコインローファーに履き替えた。

「あまりいいことではなかったかもしれないけどね」

「どうして」

「読書なんていいことじゃない。うちでは禁止なんだ」

ぼくたちは校庭をまっすぐ横切って校門にむかった。あいかわらず松浦くんは、第五学舎の生徒の顔を見かけると、ていねいにさようならと挨拶する。

「考えられない。うちじゃあ、植物図鑑以外の本を一冊でも読めってうるさいくらいだ。自分じゃぜんぜん読まないくせに」

「そうかい、うちでは基本的に読書は禁止だ。娯楽性の強いものなんかは、特にね。小説なんか絶対にだめ。あれはぐうたらなやつが、勝手なことばかり書くもので、読むとバカになるっていわれてる」

「おとうさんがそういうの」

松浦くんのおとうさんは夢見山署の警察署長をしている。カズシが補導された夜の五分間の記者会見でニュータウンでは有名人だった。

「そう。だからぼくは隠れて読んでる。みんなが勝手なことばかり書いてるのは事実だけど、その勝手さや違っているところがおもしろいよ」

ぼくたちは夢見山エスカレーターの入口についた。ガラスブロックの門を抜け、山の斜面を這うガラスの管に呑みこまれる。エスカレーターのなかはむっとするほど暑かった。最後にぼくはいった。

「実は今、弟の事件を調べてるんだ。別に他に真犯人がいるなんてつもりじゃなくて、ただカズシがどんな気持ちであんなことをやったのかなって不思議なものだから。またわからないこととかあったら、話を聞かせてもらってもいいかな」

「いつでもいいよ」

松浦くんは笑った。午後の光りで金色になったガラスの壁面を背に、吸いこまれそうな笑顔を見せる。すべすべの頬だけでいいから取り代えてくれないかなとぼくは思った。ぼくたちはエスカレーターの下側で別れた。松浦くんの背中を見送って、ひとりで駐輪場にむかう。やれやれ、また空気いれを使わなきゃならない。そう思ってポンプを自転車のフレームから取ろうとして、ぼくはそれに気がついた。

鋭い線が三本、マウンテンバイクのサドルに走っていた。カッターかナイフで縦に切られた三本の平行線。合成皮革の表面を裂き、したのウレタンフォームがめくれ返るほど切り傷は深かった。また新手の嫌がらせだと思った。でも、考えが甘かった。

その日を境にぼくへのいじめはどんどん激しさを増していったんだから。


その夜クスノキのしたのミーティングも、松浦くんの話でもちきりだった。はるきは怪しいといい、長沢くんは疑う理由が希薄だという。

「誰かがリストを消すなら、松浦くんしか考えられないじゃない。それにあの日の当番は、結束が固いので有名な五組の子だし」

はるきが詰めよると、長沢くんは冷静に返す。

「リストの削除を松浦くんがやったとしても、問題はないんじゃないかな。ぼくだって自分の名前を奥ノ山事件と結びつけるようなものが残っていれば、無実だとしても消してしまうかもしれない」

ぼくはふたりの話に割ってはいった。

「どっちにしても、判断の材料がすくなすぎるよ。でも、ぼくがじかに話した感じじゃ松浦くんにはぜんぜん問題なかった。第一、やったのはカズシに決まっているんだ。いったい松浦くんになにができたというの」

はるきはクスノキの幹にもたれたままいう。

「思想的なバックボーンとか」

あきれたように長沢くんがいった。

「『羊たちの沈黙』」

「そう、ハンニバル・レクター博士ってかっこよかったよね」

その映画はカズシが好きだった一本だ。天才的な頭脳をもった殺人博士！が、FBIの新米捜査官に連続猟奇殺人事件の解決の鍵を教え、その代償に緩められた監視態勢のすきを突いて脱獄する物語。ぼくは悪役の顔しかおぼえていない。レクター博士は地震やガンや飛んでくるナイフみたいな純粋な悪だった。理由なんかなにもないんだ。

「でもあれは映画だよ。そんなになにもかも知っていて、陰で糸を引くなんてできるはずない」

ぼくは長沢くんに賛成した。

「そうだよ、ぼくたちはまだ十四歳だ。中学生にはあんな完璧な悪役は無理だ」

それでもはるきは冷静にいう。

「そうかもね、でも悪に年齢は関係あるのかな。私はみんなの話を聞いてると、学校での松浦くんはできすぎてると思うよ。あんなになんでもできるなら、どっかに影があるはずじゃん。ひどい二重人格だったりして」

その言葉に長沢くんがぴくりと反応した。めずらしく声に感情を見せて、叫ぶようにいった。

「二重人格だっていいじゃないか……」

はるきは驚いたようにぱっと長沢くんに顔をむける。

「誰も悪いなんていってないよ、私だって二重人格だもん……私ね、毎晩スケベなことをたくさん考えてからじゃないと眠れないんだ」

いきなりの台詞にぼくと長沢くんは凍りついてしまった。はるきは草のうえで寝返りを打って、そっぽをむく。

「私、女なんておもしろくないと思う。男はいいよね。教室で堂々とエロ話ができるし、かゆければテレビの番組でだってチンチンかけるじゃん。私、テレビでどっかのアイドルとかがジーパンの股をぼりぼりかいて、『なんか、マンコかゆくて』っていうのが見たいよ。ピーの音もはいらないで、それでみんながバカみたいに笑うの」

たったひとつの言葉が地雷みたいに効いた。ぼくと長沢くんはこちこちに固くなって、身動きがとれなくなった。息をするのがやっと。やっぱり、はるきはただものじゃない。でもそのはるきの声には、どこかせつないあこがれみたいなものがこもっていた。

「チンチンは明るくてやんちゃで、みんなでいっしょに笑える言葉。それなのにマンコは暗くてじめじめで、みんなで必死に隠さなくちゃいけない秘密のなにか。どうしてなんだろう、そんなのおかしいよね。同じようなもんなのに。私、そんなみじめなものなら欲しくないよ。女なんてまったくつまんないよ」

ちいさな声でそういうと、ちょっとしゃくりあげるような長いため息をついた。はるきが泣いているのかどうか、ぼくにはわからなかった。そのとき長沢くんの白いシャツの袖が暗やみのなかでもわかるほど震えだした。細い声まで震えてる。

「はるきは勇気があるね……ぼくなんかぜんぜんだめだ。まえからいおういおうと思ってたんだけど、結局今夜までいいだせなかった」

長沢くんの様子がおかしかった。ぼくはとりなすようにいう。

「なにも無理していわなくてもいいんじゃないかな。長沢くんが夜の王子ってわけじゃないんでしょ」

長沢くんは鼻で笑った。

「違うよ。でも水曜の夜にはきっと話す。今夜はもうしょうがないから」

そういうと長沢くんはひっくり返って、草のうえに寝転んだ。クスノキを見あげ、ゆっくりと間を置いてからいう。

「そうしたら、ぼくは初めてみんなと同じところで、なにも隠さずに話せることになる」

うちのクラスの学級委員の冷たく冴えた声が、樟脳の匂いに混ざって夜に消えていった。

火曜日、水曜日と嫌がらせが続いた。近づいてくる期末試験へのいらだちを、誰かがぼくにぶつけているようだった。上履きのなかにカミソリをいれるなんて古典的な手口をぼくは初めて見た。机のなかには青カビだらけの食パンに、インターネットから落としたカズシの写真。ネットのうえではカズシもミズハもぼくも、三村家のみんなが有名人だ。目伏せのない写真がいくらでも手にはいる。ぼくたちの社会では、消費する人が知りたいという欲求はなによりも大切なんだ。

ぼくはただ我慢する。クラスのみんなは奥ノ山事件と同じように、ぼくへの嫌がらせもまるで存在していないかのように無視する。はるきやミッチーはホームルームで取りあげようというが、ぼくはそれだけはカンベンして欲しいといった。長沢くんもぼくに賛成だ。美佐子先生なら嫌がらせは恥ずべき行為で二度としてはいけないというだろうが、それはそういうだけのこと。やっている生徒はそれがわかっていて、楽しいからやっている。結果はなにも変わらないだろう。ホームルームのあいだ、ぼくがいたたまれない気持ちになるだけだ。

雨あがりの水曜日の夜、ぼくがクスノキのしたで待っているとはるきがひとりでやってきた。長沢くんは先にいってくれといったそうだ。その日は今年の梅雨にしてはめずらしく、夕方まで細かな雨が降っていて、ぼくたちはコンビニで買ったビニールシートのうえに腰をおろした。風が吹くと何百という雫がクスノキの葉先から落ちる。冷たくて気持ちがよかった。雫は下生えの雑草を叩く直前まで、丸く街の灯を映していた。ちいさな灯りが飛び散るときに、夕立の降り始めのような涼しい水音がする。

揺れる白い影が森のなかの空き地にあらわれたのは、十五分くらいたってからだ。刑場に曳かれてくるようなぎくしゃくした歩き方だった。丸襟の白いブラウスにひざ丈の白いスカート、足元は素足に白のミュール。髪の毛はショートボブなんだけど、うっすらと化粧しているようだった。真っ白なブラウスよりも白い頬をしている。

それは長沢くんだった。ちょっと張り気味のえらはボブのかつらの内巻きの毛先で隠され、あごの線の鋭さが際立っている。目はもともとぱっちりしてるから、長沢くんはけっこうきれいに見えた。

「はるき、ジャガ、ぼくも二重人格なんだ。この格好でくるかどうか、死ぬほど迷ったよ」

ぼくたちのまえに立つと、長沢くんはうなだれた。席を詰めてビニールシートのはしを空ける。長沢くんはひざをそろえて座った。目のしたの街の灯を見つめたまま、ゆっくりと話し始める。

「ぼくのうちが開業医なのは知ってるよね。小児科と内科。兄弟は三人なんだけど、うえのふたりは女なんだ。ふたりとも自由にやってる。デザインの専門学校と音大付属。それで、ぼくは末っ子でも男だから跡を継いで医者にならなきゃいけない。勉強は嫌いじゃないから、医者になるのは別にいいんだ。人の役に立つ大切な仕事なのもわかってるし。でもね、ぼくはちいさい頃からいつもうえのふたりをうらやましいなって思ってた」

そういうと長沢くんはスカートのしわを伸ばす。女の子にしか見えない仕草だった。

「それで小学校六年のときかな。誰もいない家で、遊びで姉の服を着てみたんだ。スカートとかセーターとか……それから……スリップとか」

ひゅーとはるきが息をついた。ぼくははるきのわき腹をこづく。

「すごく楽しかった。何度も何度も鏡のまえで着替えてから、これで終わりにしなくちゃと思った。すくなくとも家族にだけは、こんな姿を知られたくない。でもね、止められなかったんだ。あれから三年たつ。ぼくは自分にどんな服やメイクが似あうのかわかるようになった。今は月に二回原宿にいって女の子の格好をして、女の子の洋服をショッピングしてる。それが、ぼくのたったひとつの楽しみなんだ。おこづかいがすくないから、あまり高いブランドは買えないけど、千円のかわいい古着を手にいれるだけですごく幸せになるんだよ……ジャガ、はるき……ぼくは変態なんだ」

そういうと長沢くんはそろえたひざを伸ばして、うしろに手をつきクスノキの枝を見あげる。白いのどが震えていた。長沢くんが涙をこらえているのがわかった。はるきがいう。

「ねえ、長沢くん、オナニーのときは男の人と女の人のどっちを想像するの」

さすがはるきだった。豪快な直球一本。弟分の杯《さかずき》をもらいたいくらいだ。

「普通そういうこと、最初に聞くかな。いいよ、わかった。考えるのはやっぱり女の子のことだよ。でも、広末涼子と原宿でデートするときも、ぼくはスカートをはいてるんだ」

「そういうときはやっぱりクレープを食べたりするの」

ついぼくが口をはさんでしまう。長沢くんがちょっと笑った。

「するかもね」

はるきが怒ったようにいう。

「長沢くんは変態なんかじゃないよ。きれいなものときれいになることが好きで、たまにひとりでそれを楽しんでるだけ。そういうのはただの趣味で、変態じゃない。私だって、月に一回くらい誰とでもいいからセックスしたいなあって思うときあるよ。でも私も変態じゃない。そういうのは普通のことだよ。誰も傷つけてないのに、変態だなんて自分を傷つけるのはおかしいよ」

「あのさ、はるきって処女なの」

ぼくが恐るおそる聞くと、はるきがいった。

「失礼だな、ジャガ。女の子にそんなこと聞かないよ。学校で女子に今の話をしたら、卒業まで女子全部からシカトだかんね」

こんなときだけ女の子という切り札を出すんだからずるいと思った。でも、もちろんぼくは黙っていた。だってはるきにかなうわけない。長沢くんが笑いながらいった。

「でも、よかったよ。ぼくは一生誰にもこのことはいえないだろうって思ってた。ばれたら終わりだって。なんだか肩が軽くなった気がする。ふたりとも大目に見てくれたから」

「そうだね、考えたらはるきなんていつもジーンズだから、男装してるみたいなもんだしね」

そういうとはるきにグーで肩を殴られた。ちっとも痛くない。三人で声をそろえて笑った。音って見えるんじゃないかとぼくは思った。その笑い声が続いているあいだ、クスノキのしたは夢見山の森よりも、ほんのすこしだけ明るかったんだから。

ぼくたちの笑いのかすかな光りでね。

その夜から長沢くんは、気がむくと女装してクスノキの集会に来るようになった。はるきはマンコを連発して豪快に笑う。ぼくと長沢くんは、初めのうちはひどく恥ずかしい思いをしたけれど、すぐに慣れてしまった。だって、そんなのただの言葉だから。

ぽつぽつと陰湿ないじめが続くなか、六月の最終週になった。期末試験直前だ。今年の試験は六月三十日と七月の一日二日の三日間。さすがにこの時期になると、ぼくもカズシのフィールドワークは置いて、試験勉強をしなくちゃならない。

期末試験初日の朝は、降っているのかいないのかわからないくらいの雨だった。自転車で走っていても、別に雨粒にあたる感じはまったくしない。それなのに五分もペダルを踏むと、Tシャツがじっとりと肌に張りつくのがわかった。

ぼくは教室につくと、タオルで頭を拭いた。気持ち悪いけど濡れたTシャツはそのまま。試験の最初の科目、社会のノートに目を通す。三権分立、主権在民、地方分権。民主主義は永遠に完成することなく、絶えず進歩する制度です。その他いろいろのお題目。

試験開始の十分まえ、どの教室もページをめくる音しかしなくなる。夢見山中学だけ時間が止まってしまったみたいに、奇妙な静けさに包まれる。開始三分まえ、配られたテスト用紙が伏せられて、四百の机の中央にのせられる。白紙の裏面をみんなが必死に読もうとしていた。開始一分まえ、先生が腕時計をのぞきこみ、四百の手が鉛筆に伸びる。

そのとき、あれが起こった。

十五ある教室のすべてで、部屋のうしろのほうから、モニタに電源がはいるブーンというハムノイズが聞こえた。ユメ中では学内ネットにつながれたコンピュータが各教室に二台ずつ設置されている。点灯されたモニタは真っ暗なままだった。あちこちの教室でざわめきが起こり始める。

最初に映ったのはカズシの顔だった。いつかの遠足の写真から顔だけアップにした写真。それから事件現場の暗い用具小屋に亡くなった女の子が重なり、ミズハのCM写真が続く。つぎにうちの両親と新しいアパートの住所と電話番号があらわれ、さらにクラスと名前いりのぼくの顔写真になった。肌荒れが今よりひどかった中一のときの目つきが悪いやつ。まるで少年Aはぼくみたいだ。最後に夜の王子のサインがアニメーションであらわれた。黒地の画面に赤い活字が溶け崩れていく。それが終わるとパラパラマンガのような写真の流れは、また振りだしに戻った。

全校で生徒たちの叫び声が爆発した。ぼくのいた第三学舎でも、教室に揺れを感じるほどの騒ぎになった。一階でも三階でもたいへんな騒動になっているみたいだ。ぼくは呆然としたまま、モニタを見ていた。なぜかはわからない。ただ、これほどぼくのことを憎んでいる人間がいる、それがひどいショックだった。

コンピュータが強制的にシャットダウンされて、大騒ぎは五分ほどで止んだ。だけど、どの教室からも先生の姿が消えてしまったから、結局試験は一時間遅れになった。

最初のテスト時間、問題文を読んでもほとんど意味がつかめなかった。あんな映像を全校にばらまかれたあとで、民主主義についてまえむきに考える力なんてぼくにはない。

少年審判の特徴はその迅速性にある。

六月十日に湊児童相談所から湊家庭裁判所に送致された奥ノ山事件は、十九日に第一回審判を人定質問、触法事実の告知等で終了。ついで二十三日午後に第二回審判が開かれた。付添人の弁護士は「虚偽の筆跡鑑定の結果による少年の供述は無効である」として、県警による少年の供述調書を、女児殺害事件の供述証拠から排除するよう申し立てた。これはあっさりと裁判官に認められたが、審判を進めるうえでそれが少年Aに取り立てて有利に働くわけではなかった。家裁調査官によるほぼ同じ内容の新たな供述調書が作成されており、証拠品もすでに多数提出されていた。供述調書は積みあげると少年の身長に近いほどの量だったといわれる。

続く第三回の審判には、少年Aの両親が出廷。幼児期からのAの生活ぶりについて詳細に語った。二十六日に開かれたこの第三回審判で、湊家裁は事件の証拠調べなどをすべて終了した。

そして、六月三十日奥ノ山女児殺害事件の最終回となる第四回審判が開催された。家裁は、少年Aを児童自立支援施設へ送致する保護処分を決定した。

これを受けて七月二日、少年Aの身柄は湊少年鑑別所から常陸県北部の施設へ移送された。少年Aの保護処分の期間については言明されなかった。

少年法二二条二項にはこう記されている。「審判は、これを公開しない。」

少年法のこの精神は奥ノ山女児殺害事件でも順守され、四回にわたる審判はすべて非公開でおこなわれた。

このあいだ山崎は、湊総局の大植から少年審判の情報を得ていたが、原則非公開の壁は厚かった。審判内容の細部についてはまるで判然としない。情報はすべて付添人や調査官から漏れるわずかな伝聞情報のつなぎあわせにすぎなかった。

梅雨の晴れ間、数日間だけ最高気温が摂氏三十五度を越えた真夏日、少年Aは太平洋岸沿いにある常陸県の児童自立支援施設、常陸北家庭学校へマイクロバスで移送された。少年のバスには中継車、ハイヤー、バイクなど多数の報道車両が並走していたという。上空には複数のヘリコプターも確認されている。

しかし、厚く閉ざされた黒いカーテンのなか、少年Aの姿をとらえた報道写真は一枚も公表されなかった。

第3章　人形使い

誰があのコンピュータ爆弾を仕掛けたにしても、その効果は表彰状ものの素晴らしさだった。なぜって、それは学校の一番弱いところ、試験を見事に吹き飛ばしたからだ。もちろん期末試験の二日目三日目は、なんの問題もなく終了した。各教室ではコンピュータの電源を抜いてしまっていたから、すくなくともモニタ上では問題が起きようもない。ぼくについていえば確かにあの映像でショックを受けた。あれを全校の生徒が見たことには特に。でも、それは以前から続いていた嫌がらせの延長線上の話だ。

学校側でも必死に犯人を探したけれど、あの嫌がらせは確信犯だ。先生に呼びかけられたくらいで、犯人がすぐに自分がやりましたと出てくるはずもなかった。コンピュータ犯罪を捜査する能力など、普通の中学校にはぜんぜんない。

大波は期末試験終了後にやってきた。試験が終わるとすぐにPTAの大群が学校に押し寄せてきて、集会を先生たちに申しこんだ。時期の悪いことに、カズシの審判の結果が出たばかりで児童自立支援施設へむかうマイクロバスが、ニュースでは繰り返し流されていた。そのPTA集会ではネット爆弾をめぐって大論争になったそうだ。当初は再発の防止とか心の教育なんかをうたう正論が、保護者のあいだで優勢だった。だけど、ある母親が自分の娘があの映像を見たショックで試験ができなかったと泣いていたと発言して、風向きはがらりと変わってしまったという。似たような意見が続き、要はいじめを誘発する側（ぼくとカズシのことだ）の責任問題になっていった。女児殺害のような凶悪事件を犯した生徒を名門の夢見山中学から出したうえ、まだその実の兄を学校に置いておく、そんな余裕がこの中学にはあるのか。しかも、その少年は期末試験という最も大切な学校行事に直接響く騒動を引き起こす元凶になっている。

中学側が奥ノ山事件について口を閉ざしたまま、保護者への対応を怠っていたことも親たちの怒りに火をつけたようだった。会場になった体育館では怒声が飛びかったという。子どもたちは夢見山中学の生徒であることを恥ずかしがって、親戚のまえでさえ学校の話はひとこともしない。問題のある生徒ひとりを守るために、他の四百人の生徒を見捨てるつもりか。当然のように三年生の親からは注文がついた。こんなことが受験に影響したら学校側はどう責任を取るのか。受験は子どもの一生を左右する死活問題だ。

里見校長は出席者のほぼ全員からつるしあげられた。ＰＴＡの剣幕を恐れて他の先生からの救いの手もなかったそうだ。あとで美佐子先生に聞くと、演壇のうえで終始仏頂面を通していたという。また迷惑をかけたなと思ったけれど、ぼくにできることはなかった。

だって今さら学校を辞めるわけにもいかない。たとえそれが、ユメ中に通う生徒の保護者大多数の意見だとしても、それには従えない。数はすくないけれどぼくにだって友達がいる。カズシについてまだ調べたいこともある。それにいくら嫌がらせをされても、ぼくはこの夢見山中学校が好きなんだ。

土曜日の放課後、ぼくはまた第五学舎にいった。二年五組の教室にむかう。あのネット爆弾のせいか、廊下を歩く生徒がみんなぼくから目をそらしていくようだった。

五組の教室をのぞきこむと松浦くんはいなかった。期末が終わって部活動も再開している。剣道部の練習かもしれない。でも探していた友達はいた。ぼくと同じ生物部の森田源人《げんと》くん。森田くんの専門は昆虫で、ぼくは夢見山のフィールドワークでつかまえた虫をよく森田くんの押し花や野草の種と交換したものだ。カズシの事件が起こるまえ、千年も昔の話だけど。

よそのクラスで大声は出せない。また近くにいる生徒に呼んでもらう。メガネをかけた小柄な森田くんが廊下にやってきた。黒と白の太目のギンガムチェックのボタンダウンシャツに白いコットンパンツ。けっこうおしゃれなのに、なんだか全体がもっさりしてる。教室よりも森のなか短パンで捕虫網をもっているほうが似合う感じだ。

「やあ、ジャガ、久しぶり。部活のほうはまだ戻らないの」

ぼくはカズシの事件以来、生物部は休部していた。

「うん、まだちょっと」

「期末はたいへんだったね」

「まあね、もう慣れた。それより話を聞きたいことがあるんだ。このクラスの学級委員の松浦くんのことなんだけど……」

「えっ！　待って」

そういうと森田くんはあたりを見まわす。教室からこちらをのぞいている何人かの生徒の顔を見かけると、早口でいった。

「ここじゃ、話せないよ。カバンもってくるから、場所変えよう」

帰り支度をした森田くんと第五学舎の裏にまわった。夢見山のブナの森にはいる。ユメ中の生徒は不思議なことに、校庭やコンピュータでは遊んでもあまり森にははいってこない。森のなかは清潔とはいえないからだろうか。ぼくたちはブナの白い幹を縫って散歩した。今年の梅雨は雨が降らないのに曇る日が多く、日照時間がすくなかったせいか、森はまだ透きとおるような新緑をあちこちに残していた。

「ジャガ、松浦くんのことはあまり話したくないんだ」

「どうして」

「第五学舎のことは第五にしかわかんないよ。今だってあまり長いあいだジャガと話していたら、あとでなにをいっていたのか聞かれるかもしれない」

森田くんは怖がっているようだった。

「なにを話したって自由じゃない。第五では違うの」

「違うよ、相手によってはね。気を悪くしないでもらいたいんだけど、ジャガは第五学舎の要注意人物なんだよ」

「そんなの誰が決めるのさ」

「指導部。学級委員とか風紀委員とかがメンバーなんだけどね。松浦くんはその中心だ。第五学舎で松浦くんの悪口なんかいったら、ユメ中にいられないよ。指導部の方針にはみんな逆らえない。試験で第五の成績が一番なのは知ってるよね。あれは各学年の指導部が協力して、試験まえに対策用のレポートを配ってるからなんだ。指導部に反対したら、成績もさがるし、一年から三年まで学舎中の生徒からシカトされる。挨拶さえされなくなるよ」

　同じ中学なのに、ぼくはそんなことまったく知らなかった。

「ないしょだけど、去年ぼくたちのクラスで自殺騒ぎがあったろ。あの大迫《おおさこ》くんも死ぬ何カ月もまえから要注意人物だったんだ」

　森のなかの気温が低くなったようだ。寒気を感じる。

「だからジャガも松浦くんとはあまり関わらないほうがいいよ。先生たちのお気にいりだしね。ぼくは松浦くんが不気味なんだ。ときどきガラス玉みたいな目をするし」

　そのとき青い蝶がひらひらと揺れながら、目のまえの森の小道をよぎった。角度によってちいさな羽は鉱物質のきらめく青にも見えるし、ビロードの黒にも見える。

「ミドリシジミだ。網をもってないときだけ、虫って寄ってくるんだよね」

森田くんは残念そうにいう。ぼくはそのうつくしい蝶が、なぜか松浦くんと重なった。あの爽やかな笑顔のしたにあるのは本当はどんな色なんだろう。長沢くんじゃないけれど、誰にだって二重人格なところはある。そうでなきゃ、今どきの日本で中学生なんてやってられないから。でも松浦くんは表の顔が素晴らしい分だけ、裏の顔が気になった。

休み明けの月曜日の昼休み、またしても第五学舎にいった。ぼくは諦めが悪いんだ。完全に第五の生徒にはシカトされたがめげなかった。もう問題児なのはわかっている。その日はカズシがいた一年五組で、弟と仲がよかった何人かにすこしでも話が聞ければいいなと思っていた。不思議に感じられるかもしれないけれど、人を殺した中学生にだって友達はいる。

でも、一階の廊下を五組の教室にむかおうとすると、そこで生徒の一団に止められてしまった。その五人のなかには松浦くんの顔も見えた。これが指導部なんだろうか。

「三村くん、なんの用かな」

松浦くんが穏やかにぼくにいう。いつもの爽やかな笑顔。

「カズシの友達にちょっと話が聞きたくてきたんだ」

「あなた、なにいってるの」

女子のひとりが金切り声をあげた。

「みんな、あなたの弟の事件で動揺してるのよ。見ず知らずのクラスに来て、今さらかきまわすなんて非常識だよ」

ぼくは言葉に詰まった。その女子のいう通りだったから。

「でも、嫌なら嫌で本人に聞いてみてもいいはずだ。無理やり聞きだそうというわけじゃない。ただ話をするだけだよ。それはカズシの友達とぼくの問題で、第五学舎の指導部とはなんの関係もないはずだ」

ぼくの反撃にいきりたった他の四人を抑えて、松浦くんはいった。

「そういうわけにもいかないんだ。悪いけど第五では一年の指導は二年にまかされている。指導部会で三村くんの第五学舎への立入は禁止された。今日からはこの学舎に足を踏みいれないでくれないか。うちの学校が生徒の自治を尊重するのは知っているだろう。第五の先生たちにも伝えてあるし、ＰＴＡのほうからも支持が多いんだ」

「でも、どうして。急にそんなのおかしいよ」

松浦くんはぼくに同情するような表情を浮かべた。

「すまない。だが、ひとことでいえば第五学舎は、もう奥ノ山事件のことは忘れたい。関わりになりたくないということだ。察して欲しい」

「無理にはいったら、どうなるの」

さっきの女子がわざとらしい笑顔をつくる。ちっともかわいくなかった。

「強制的に排除されるわよ」

「松浦くん、第五の他の生徒はともかく、ぼくが松浦くんに個人的に話があるときはどうすればいいのかな」

指導部の四人の視線は、松浦くんに集中した。また爽やかな笑顔。

「ぼく個人はいつでも話の相手をするよ。うちの学舎の外でなら」

それでぼくは第五学舎を離れた。くやしかったけれど、仕方ない。話が終わる頃には指導部のうしろには人垣ができていて、今にも一番簡単な方法でけりをつけたそうだったから。ぼくだって放りだされるよりは、自分の足で歩いて学舎を出るほうがいい。


そして、あの火曜日がやって来る。できれば記憶から消してしまいたい一日。ぼくを憎んでいる誰かが、ぼくのまわりの人間を片っ端から狙い撃ちにしだした日。

その朝いつものように母校舎のまえを通り第三学舎にいこうとすると、たくさんの生徒が固まって騒ぎを起こしていた。掲示板のまえだった。ぼくはあの事件から人だかり恐怖症になっている。視線をはずし遠まわりをして通りすぎようとした。だけど、ぼくが歩いていくと騒ぎが止んでみんな静まり返ってしまった。無言のままぼくのほうを振りむく。掲示板のまえに立っている何人かの生徒がわきに寄って、ぼくにそれが見えるようにしてくれた。

最初に目にはいったのはでかでかと書かれた大見出しだった。

「ホモとレズと人殺し（兄）のデート！」

それはコンピュータのプリントアウトを拡大してつくった壁新聞だった。写真がおおきくはいっていた。ぼくとはるきと長沢くんが奥ノ山をおりてくるところの写真だ。はるきはジーンズの上下、ぼくはＴシャツとチノパン、そして長沢くんはマーガレットの小花柄のチビＴにひざうえのタイトスカート。長沢くんだけ、もうワンカット追加されていた。街灯のしたを通ったときの顔のアップ。眉と唇を描いているのがはっきりとわかる写真だった。写真のしたには、ぼくたち三人のクラスと名前がはっきりと掲載されている。二年三組学級委員・長沢静、二年三組図書委員・八住はるき、二年三組王子の兄・三村幹生。

風が吹いた。みんなの足元に落ちているチラシのような紙が転々と宙を舞った。ぼくはそのあと、第三学舎のゲタ箱までどうやってたどりついたのかおぼえていない。上履きを取りだすためにフラップをあげると、なにかが束になって落ちてきた。足元を埋めつくすビラの山。見出しは見なくてもわかってる。

「ホモとレズと人殺し（兄）のデート！」

目のまえが暗くなって吐きそうになった。ある種の人間は他人に対してこれほど残酷になることができる。今なら、冷静にそう思える。でもそのときはだめだった。

かわいそうで見ていられなかったのかもしれない。あるいは、ただ自分の良心に従っただけなのかもしれない。ともかくひとりきりだったぼくを支え助けてくれた長沢くんとはるきを、こんなことで傷つけてしまった。くやしかった。ぼくはそれまで自分に嫌がらせをされて涙を流したことはない。でもそのときは我慢できなかった。ぼくはほんとうの友達ふたりのために、ぼくたち三人のために、そしてクスノキのしたの楽しかったいくつもの夜のために泣いた。

ぼくがひざをつき、泣きながらビラを集めているあいだも、三組の生徒が上履きを履き替えて、ぼくの横を通り教室にあがっていった。

みんな、なにもない振りをするのが、とても上手なんだ。

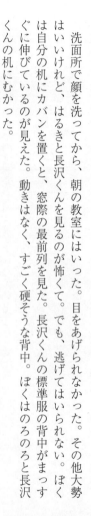

洗面所で顔を洗ってから、朝の教室にはいった。目をあげられなかった。その他大勢はいいけれど、はるきと長沢くんを見るのが怖くて。でも、逃げてはいられない。ぼくは自分の机にカバンを置くと、窓際の最前列を見た。長沢くんの標準服の背中がまっすぐに伸びているのが見えた。動きはなく、すごく硬そうな背中。ぼくはのろのろと長沢くんの机にむかった。

ぼくに気づくと、長沢くんはかすかにほほえんだ。血の気が失せた顔色は、カバーから出したばかりのプラスチック消しゴムの白さ。ぼくはそんな顔を一度しか見たことがない。いつかの嵐の土曜日、任意同行されるまえのカズシの顔だ。生命の力がすっかり抜けてしまった顔。

「ジャガ、やられちゃったね」

長沢くんがぽつりといった。

「ぼくのせいでごめん」

涙がにじんだ。長沢くんは京都のお寺で見た古い仏像みたいに笑ったままだ。興福寺《こうふくじ》といったっけ。

「いいんだ。ぼくがああいうことが好きなのは、別にジャガのせいじゃない」

窓から掲示板の貼り紙をはがす先生たちの姿が見えた。生徒たちに各学舎に戻るようにいっているみたいだ。ばらばらに散り始めた生徒のほぼ半数の手には、あのチラシが白いナイフのように握られていた。

「はるきは来た？」

長沢くんはぼくに聞く。

「まだみたいだ」

「そうか、よかった。すくなくともあの掲示板は見なくてすむ。ねえ、ジャガ……」

「なあに」

「ぼくは明日の夜も必ずクスノキのしたにいくよ」

長沢くんはいつもの細い声でそういった。色を失った顔に目だけが赤く光っている。そんな長沢くんを見たのは初めてで、ぼくは急に不安になった。そんなに張りつめたらいけない、無理に伸ばしたらちぎれてしまう、そう思ったけれどなにもいえなかった。隣の席ではミッチーが心配そうに、ぼくたちのほうを見ている。

教室のうしろのほうがざわざわして、校庭に出ていた生徒たちが戻ってきた。長谷部卓を先頭に三バカトリオもそろっている。卓はうしろの壁のホワイトボードにもっていたチラシを貼りつけた。

「やっぱ、うちのクラスって流行の先端いってるよな」

笑い声がわきおこる。成瀬のアホが調子にのっていう。

「学級委員がヴィジュアル系なんだから」

また笑い声。するとミッチーは自分で車椅子を押しながら、机の列を抜けて教室のうしろにむかった。ゴムの車輪がフローリングの床できゅっきゅっと音を立てる。

「どいてくれ」

いつもふざけているミッチーの声じゃない。ホワイトボードのまえに集まった三組の生徒を分けると、車椅子から手を伸ばしチラシを引きはがした。すぐに四つに裂いてしまう。

「なにすんだよ、高羽」

卓はそういったけど、ミッチーが本気なのを見て黙ってしまった。戻ってくると、ミッチーはぼくにうなずいた。

「ジャガは今誰にも手を出せないだろ。どんな理由で学校を辞めさせられるか、わかんないんだから」

「すまない、ミッチー」

ぼくはその朝、謝ってばかりいた。でもそんな日でも授業はいつも通り始まる。変わらないことと持続すること。学校にとってそれが最高の目標だから仕方ない。


はるきは始業時間ぎりぎりに教室にはいってきて、その日一日中怒ったような顔をしていた。ぼくたちとはまったく口をきかない。でも昼休みにこんなことがあった。

いつか話した「アジサイ事件」の石上満里奈をおぼえてるだろうか。うちのクラス一の美少女。彼女が教室で取り巻きとおしゃべりしていた。ちいさくてかわいいタイプの木築《きづき》美由紀《みゆき》とブランド好きなおばさん南江《みなみえ》美利《みり》。最初はよく聞こえなかったけれど、メイクの話をしているようだった。

「眉の形整えるのって、すっごいむずかしくない」

「そうそう」

「でも、長沢くんはうまいよね。それにあのチビTかわいかったし」

「じゃあエミリ、長沢くんに眉剃りやってもらえばいいじゃん」

楽しそうな笑い声をあげる。無理もない。関係ない人にはあれはおもしろおかしい笑い話だ。バンッ、そのとき机を叩く音がした。はるきが立ちあがって叫ぶ。

「黙れ、このクサレマンコ！　あんたたちには長沢くんの気持ちなんてわかんないよ」

教室で爆弾が炸裂したみたいだった。いつかのクスノキの夜みたいに、みんな凍りついてしまう。満里奈たちだけでなく男子まで黙りこむ。はるきらしい一撃だった。ぼくはすぐに教室中を見まわして、長沢くんがいないことを確かめる。

痛快な気分より、長沢くんが席をはずしていることに、ぼくはほっとしていた。


七月八日水曜夜のクスノキの集会に、長沢くんはユメ中の標準服で来た。化粧もしていなかった。はるきはいつも通りのジーンズ姿。あのチラシのショックが尾を引いて、なんとなく沈みがちな雰囲気だ。はるきだけ、ひとりで怒っている。

「ったく、くやしいな。先生たちは、こんなことやめなさい、やった人は自分から名のり出なさいって繰り返すだけだもん。ほんとにやめさす気があるのかな。人権侵害だよ。警察にでもどこにでも届ければいいのに」

チラシの件はこのまえのネット爆弾と同じように、学校のなかだけで内々に対処されていた。誰がやったのかはとても明らかになりそうもない。数十分にわたってホームルームでいじめがいかに卑劣なことか講義されるだけ。はるきは湿った草のうえに転がった。

「今頃、犯人のやつ大笑いしてるよ。私、絶対に第五の生徒が怪しいと思う。嫌がらせが激しくなったのは、ジャガが松浦くんに会ってからでしょ。それにあの貸出リストだって消されているし」

長沢くんが口を開いた。それだけでぼくはすこし安心した。二日間学校ではほとんど話さなかったから。

「誰がやったにしても、ひとりじゃとても無理だ。あんなにたくさんのチラシをコピーしたり、学内ネットに嫌がらせのコンテンツをつくったりね。うちにはあのチラシの話はまだ知られていないけど、誰が犯人かよりぼくにはうちの親のほうが心配だよ」

ぼくはふたりに五組で起きた自殺事件の話をした。その少年は亡くなる何カ月もまえから学舎ぐるみのいじめのターゲットだったらしいこと。ぼくも同じように指導部の要注意人物になっていることなどなど。気が滅《め》いるような話。長沢くんがいった。

「その子知ってるよ。塾でいっしょのクラスだったことがある。大迫広明《おおさこひろあき》くんっていうんだよね。ちょっと太っていて、街はずれのおおきなお寺の子だった」

ちょっと引っかかる。ぼくはすぐ長沢くんに聞いた。

「そのお寺の名前は」

「迫然寺だったと思う」

ぼくが毎週土曜日にお墓参りにこっそりといっているあのお寺だった。はるきが不思議そうに聞く。

「ジャガ、どうしたの」

「そのお寺なら、ぼくがなんとか自殺事件を調べられるかもしれない。カズシのことはともかく、その事件だけでも尻尾がつかめれば反撃できるんじゃないかな」

そのあとぼくたちは、学校ではお互いにシカトしあうことで意見があった。おとなしく反省した振りをする。嫌がらせの犯人と同じように、動くのは影でいい。


それでも嫌がらせはやまなかった。つぎに狙われたのはミッチーだ。金曜日の昼休み、ミッチーがトイレにいった。身障者むけのおおきな個室にはいろうとしたところを誰かに襲われた。

ミッチーはタイルの床に押し倒され、黒い目出し帽で顔を隠したふたり組は車椅子だけもち去った。数分後ミッチーが上半身だけの力で、必死になって個室のなかにある非常ベルを鳴らして、学校中大騒ぎになった。ミッチーは体育の本山《もとやま》先生に背負われて、その日は早退した。

車輪が歪みスポークがあちこちの方向に折れて飛びだした車椅子が、夢見山の森で発見されたのは、その日の放課後になってからだった。

ぼくは、ぼくに関わったせいでつぎつぎと狙い撃ちされていく友達を、ただ指をくわえて見ていることしかできなかった。それがどんな気持ちだったか、想像してほしい。それを百倍にするとぼくの気持ちだ。

昼間学校にいるあいだはまだよかった。でも夜ふとんにくるまれるともういけない。ぼくは頭のなかにある黒いスクリーンで、何度も顔の見えない相手を殴り、刺して、首を絞めた。ぼくはその影を殺しに殺した。六十兆の細胞の最後のひとつまで殺しつくす。目の裏に映写される残酷映画は、一度始まると止まらなくなる。誰かの血にまみれて幸せを感じている自分がおかしいんだと気づく頃には、いつも浅い夏の夜は明けているのだった。

七月十一日は第二土曜日で学校はお休み。残念ながらお天気は今にも雨になりそうな重い曇り空だった。それでも、お昼ご飯をすませると、ぼくはマウンテンバイクで家を出る。夢見山の花はもうだいたい供えてしまったから、別な場所を探した。あちこち走りまわり、田んぼのなかの用水路のわきのやや開けたところでウツボグサを見つけた。

ひざ丈もないくらい背の低い草で、松ぼっくりみたいな花穂の全体に紫の花をたくさんつけている。緑のなかに散らばる紫はとてもきれいで、曇り空の灰色としっとりと馴染んだ。

その日のぼくは気あいがはいっていた。まだ朝露の名残のある草むらにはいり、つぎつぎと花をつんでいく。紫の花束が直径三十センチほどになると、用水路の境に茂っているイヌビエの茎を引き抜いて、また輪ゴムの代わりに手元をしばった。イヌビエもオヒシバもイネ科だから茎が丈夫で、こんなときにはとても便利な植物なんだ。

通い慣れた道を、迫然寺にむかった。自転車を正門のまえに停めて、堂々とコンクリートの門をくぐる。今回は人の気配があっても気にしなかった。いつものように亡くなった女の子のお墓に花を供え手をあわせる。そのときうしろから声をかけられた。

「あなたがいつもお花をもってきてくれるのね」

振りむくと竹ぼうきをついた女の人だった。チャコールグレイの薄手のアンサンブルにグレイのミディスカート。年はぼくのかあさんと変わらないくらい。だけど、ぼくはその人からも生命の力が抜け落ちてしまっている印象を受けた。

「あなたはどこの子。向井さんのおうちの人から、毎週土曜日に花を供えに来てくれる人がいるけど、確かめてくれないかと頼まれているの」

思いきってぼくはいった。もう隠してはいられない。

「夢見山中学の二年生で、三村幹生といいます。ぼくの弟が少年Aなんです。すみませんでした」

しばらく間があいた。ぼくは全身を硬くしてつぎの言葉を待った。

「そうなの、たいへんだったわね。あなたもつらかったでしょう」

優しい言葉だった。でも感情はこもっていない。なんというか心が擦《す》りきれて、動かなくなっているみたいだった。そのとき、たくさんの墓石にぽつぽつと雨が落ちる音が聞こえてきた。

「降りそうね。お茶でも寄っていきなさい」

その女の人は他人ごとのようにそういった。

三階建てくらいの高さのコンクリートの立派な本堂のわきを通り、ガラス戸が四枚並んだ広い玄関をぼくたちはあがった。黒光りする廊下を何度も曲がり、八畳間をふたつつなげた部屋に通される。縁側のむこうには灰色の墓石の頭だけ見えていた。鴨居のうえには額いりの写真が三枚。二枚はおじいちゃんとおばあちゃん。でも残りの一枚は、ぼくと変わらないくらいの年の男の子だった。

その女の人は、カフェオレと大量のアーモンドチョコとバタービスケットをお盆にのせて戻ってきた。写真を見あげていたぼくにいう。

「これ、あの子が好きだったのよ。もう誰も食べないのに、スーパーで見かけるとつい手が伸びてしまって。たくさん食べてね、あまったらもって帰ってもいいから」

「ありがとうございます。広明くんの好物だったんですか」

ぼくはチョコをつまんだ。

「あなた、広明を知っていたの」

「いいえ、直接は知りません。ただおかしな噂を聞いて……」

そのときだった。どこにも残っていないように見えた生命の力が、広明くんのおかあさんのなかで燃えあがったように見えた。目に力が戻ってくる。

「教えて。どんなことでもいいから。いじめもなかったし、学校側に責任はないという発表に、どうしても私は納得いかないの。なぜ自殺したかもわからない。遺書も残っていない。でもなにもなかったら自殺なんかするような子じゃないのよ、広明は」

ぼくは第五学舎の指導部と要注意人物の話をした。それにぼくがカズシの件で広明くんと同じように新しいターゲットにされていることも。

「そうだったの。やっぱりなにかあるとは思っていた」

「でもむずかしいんです。第五の生徒はみんな、指導部のリーダーを恐れて貝になってしまうし、証拠なんてなにもないんです。実はあそこで声をかけてもらえなくても、今日はお話をうかがうつもりで来たんです。広明くんが亡くなったのは去年の秋ですよね。その頃変わったことはありませんでしたか」

「親に心配をかけるのが嫌だったのかしら。私のまえではいつも気丈にふるまっていたから、特に変わったことはなかった」

「友達とかは、どうでしたか」

「ああ、よくうちに遊びに来たかたがいたわ。学級委員の松浦くん。おとうさんが夢山署の署長さんをしている」

ため息がでた。ここにも松浦くんの影がある。彼はいったいどういう人間なんだろう。広明くんのおかあさんは続ける。

「松浦くんは広明にとてもよくしてくれたわ。相談にのってくれたし、学校を休んだときにはノートを届けてくれたし」

「そうなんですか」

先に松浦くんの名前を出されて、ぼくは五組の指導部のことはいえなくなった。その少年がリーダーだなんて、とてもいえる雰囲気じゃない。

「あの、もしよかったらでいいんですけど、広明くんの部屋を見せてもらえませんか」

今日初めて会ったのに、ずうずうしいだろうか。ぼくはびくびくものでそういった。広明くんのおかあさんは黙っている。雨の音が広いお寺の境内から聞こえる。帰りはびしょ濡れになるなと思った。

「いいわ。ゆっくり見てちょうだい。でもね、私も隅から隅まで目を通していじめの証拠を探したけれどなにも見つからなかった。だから、それを期待しても無理よ」

「ありがとうございます」

屋根つきの渡り廊下を通って、離れになった八畳間に案内された。映画で見る茶室のような造り。丸い障子の窓と最新の薄型エアコンがまず目についた。それから、黒檀みたいな緻密な木目がうつくしい机と椅子のセット。椅子はふかふかの革張りだった。壁際のサイドボードには、リモコンのスーパーカーや一眼レフのカメラ（ニコンＦ５の白いロゴ）なんかが並んでいた。センスのいい外国製のステレオに二百枚以上はあるＣＤ。机のわきにはポケットバイクまで立てかけてある。境内が広いから自分のうちのなかで無免許でバイクに乗れる！　中学生の男の子が見る夢のような部屋だった。

ぼくが机にむかうと、広明くんのおかあさんは部屋を出ていった。帰り際にまた顔を見せてねといって。さっそく机まわりから調べ始める。去年使ったのと同じ他人の教科書を開くのはおかしな感じだった。そのもち主はもうこの世にいないんだから。机の上置き、引き出し、サイドチェスト。つぎつぎと開いてなかを確かめていく。ノートや手帳の類《たぐい》は特に念入りに。でも、おばさんのいう通りだった。ぼくの調査は難航した。一時間以上かけて部屋中を探しても、なにもでてこない。

最後にぼくは、サイドボードのしたの引き出しに手をつけた。なかを開くと小学生の頃遊んだミニ四駆のパーツとかアニメやＲＰＧのトレーディングカードなんかが、ごっそりと出てくる。なんだか懐かしくなった。その時点でぼくは探索を諦めていた。広明くんのおかあさんがこの部屋を何十回となく調べても、なにも見つからなかったんだ。素人のぼくがちょっと探したくらいで、成果が期待できるはずがない。

それでも、ぼくはおもちゃでいっぱいのチョコレートの金属缶を取りだしてみた。すると引き出しの底に紙の束がのぞいていた。隠していた様子ではなかった。必要もないから、ただそこに突っこんでおいた、そんな感じ。これだって広明くんのおかあさんも見ただろうけれど、ついでに取りだして期待もせずに読み始める。

そして、ぼくは見つけた。

なにを見つけたかって？　ぼくは「夜の王子」を見つけた。

それは学級文集の束だった。色があせて角がけばだったカラー画用紙の表紙がついた薄い文集が何冊も幅広の輪ゴムでとめてある。表紙はガリ版刷りで花や飛行機のイラストが描かれていた。一番うえの一冊には東野第二小学校四年四組文集『夏風』とある。表紙を開くと目次だった。こちらもていねいなガリ版独特の文字の列。大迫広明くんの名前は文集の最初のほうにすぐ見つかった。児童の名前をしたへなめていく。その名前は最後から七番目にあった。松浦慎吾。大迫くんと松浦くんは小学校の高学年でクラスメートだったんだ。

それから、一冊ずつふたりの書いた作文だけ選んで読んでいった。小学校四年生の頃から松浦くんは誰が読んでも明らかに作文がうまい。大迫くんのは平均的。

一年分を読み終え五年生の文集までたどり着いた。表紙の文字は五年四組文集『秋の日』になっている。その巻は夏休みの読書感想文がまとめられていた。課題図書はサン＝テグジュペリの『星の王子さま』とアンネ・フランクの『アンネの日記』、そして山本周五郎『さぶ』の三冊だった。

目次を見ていく。最後から七番目の題名が目に飛びこんでくる。『夜の王子さま』。松浦くんの書いた感想文だ。急いで黄色くなったわら半紙のページをめくる。胸の動悸を他人ごとのように感じながら、ぼくはゆっくりと松浦くんの文章を読んだ。

読書感想文といえばパターンはだいたいふたつに決まっている。参考書に本の主人公にお手紙を書きましょうとか、自分だったら作中でどうふるまうか書きましょうなんて、ばかみたいなコツがのっているからだ。でも、松浦くんは違った。『夜の王子さま』は『星の王子さま』を読んで感動した心を、また別な創作の形で表現したものだった。十一歳で書いた短編小説。先生たちが松浦くんをひいきするのも無理はないと、ぼくは思った。だって、彼は国語教師が夢で会いたいと願うような生徒だから。

全文を引用すると長いから、あらすじだけ紹介しておく。

夜の王子は乗っていた宇宙船の故障で、ただひとり救命ポッドで暗黒の宇宙に流される。そして航路をはずれた星に漂着する。その星は大昔にあった熱核戦争で表面が溶けて、つるつるのガラスの平原が広がるだけの死の星だった。それでも夜の王子はなんとか救命ポッドの生命維持装置を使い、その星で生きのびる。

春はガラスの平原をうめつくして朝露がきらめく。夏はゆらめくガラスの地平線を越えて灼熱の風が日が沈むまで吹き荒れる。秋はたっぷりと夕日を浴びたガラスの大地が、赤黒く熱をもたずに輝く。そして冬は凍てついたガラスの平原が、縮み擦れてキューキューと悲しそうな鳴き声をあげる。一年がたったある日、夜の王子はガラスの星で見るべきものはすべて見てしまったと思う。家族もいない、友達もいない、他のどんな動物も、植物でさえ、この星にはない。自分の命がひと粒、おおきな星のうえにあるだけだ。そしてその夜、王子はひとつの決心をする。

夜空のかなたに別な宇宙船の灯を見つけたのは、それからしばらくしてだった。王子はガラスの平原に出て、わずかに残っていた救命ポッドの液体燃料を頭からかぶる。そしてもっていたナイフでガラスの地面にサインを残し、ためらわず自分自身に火をつける。焼けこげた真っ黒なガラスの星の平原で、自身を燃やし誰かに自分の存在を認めてもらうため、命がけで送る救難信号だ。でもその光りは、遥《はる》か彼方を飛びすぎる宇宙船には届かなかった。豪華な客船の誰ひとり、夜の王子の命の火には気づかなかった。

つぎの朝、ガラスの星のガラスの平原には、ひと握りの灰とサインだけが残っている。

「夜の王子はここにいた」

物語はそこで終わっていた。ぼくは読みながら泣いてしまった。なんのために泣いたのかわからない。初めて松浦くんのことがわかった気がした。「夜の王子」としてこの地球で生きていたら、ぼくだってつらすぎて自殺してしまうかもしれない。あるいはもっと悪いことをするかもしれない。

ぼくはただ松浦くんを救ってあげたいと思った。カズシの審判はもう終わっている。だから夜の王子の正体がわかっても、保護処分に変化はないだろう。もともと処分はひどく軽かったのだ。だけど共犯があらわれたとしたら、うちの両親は安心するかもしれない。親にとって悪いのはいつでもよその子どもだから。一瞬だけそんな計算が働いた。

でもすぐに打ち消してしまう。あの感想文を読んだあとではとてもそんな気分にはなれなかった。ぼくは松浦くんを裁こうとも、告発しようとも思わなかった。だけどこのままで済ませるわけにはいかない。長沢くんやミッチーへの嫌がらせを放っておくことはできない。ぼくはどんな手を使っても夜の王子の活動を止めようと決心した。ぼくにはそうする義務がある。

だってぼくはこの星でただひとり、松浦くんの命の火を見つけてしまった。ぼくにできることは、その火を消して彼を救うか、いっしょに燃えつきるしかない。

コピーを取ったら今度の土曜日に必ず返しますといって文集を借りた。広明くんのおかあさんは、松浦くんの読書感想文を読んでもぴんとこないようだった。ぼくは文集が雨に濡れないようにタオルにくるんで、ジーンズのベルトのしたにさし、うえからＴシャツとゴムのカッパをかぶった。

その週末はめずらしく二日とも雨だったから、ぼくはまだ手をつけていない記事のコピーを読み、分類し、命名していった。その合間に、松浦くんのことを考えた。カズシと松浦くんの図書室の貸出リストの重複、松浦くんがカズシの第五学舎の指導生だったこと、自殺直前に大迫くんの家に出入りし、しかも自分が中心になっている指導部では大迫くんをターゲットに選んでいたこと。たぶん松浦くんだけが知っている「夜の王子」という言葉の起源、最後にぼくが松浦くんに会うために第五学舎にいってから、嫌がらせが過激になったこと。すべての矢印が松浦くんを指していた。それなのに、決定的な証拠などなにひとつない。

松浦くんがうまいのは、読書感想文だけではないようだった。

つぎの月曜日、夏休みまえの最後の週が始まった。期末試験の結果も出ているし、もうみんな授業に熱もはいらない。近づいてくる夏休みにわくわくして浮き足だっているようだ。ちなみにぼくの成績は中の上から中の下にさがった。よくやったほうだと自分では思っている。

その日、長沢くんは休んでいた。美佐子先生は病欠だといっていたから、ぼくは気にしていなかった。ミッチーは予備の車椅子で元気に登校している。こっちのほうが車輪が重くてたいへんなんだとかいって、明るく笑う。ぼくはミッチーの強さを見直した。いつだってなにがあったって、ふざけていられるというのは立派な才能だ。

その夜九時、電話が鳴った。長沢くんが風邪をひいているから、その夜の集会はお流れだろうと思ってぼくは家にいた。かあさんがお風呂にはいっていてよかった。その電話ははるきからだったんだから。せっぱ詰まった声で、はるきはいう。

「ジャガ、すぐ出てこれない。クスノキのしたで待ってるから」

「なにかあったの」

「そう、絶対来てね」

ぼくは風呂場の曇りガラスの扉のまえで、形だけ声をかけた。

「ちょっと出かけてくるね。すぐ帰るから」

かあさんにはたぶん聞こえていなかったと思う。ミズハがこっちを不安そうに見た。あの事件以来、妹はひとりきりになるのを極端に恐れるようになっている。それは家のなかにいてさえ変わらなかった。一度などアパートの玄関先でたくさんの記者につかまっていたことがある。聞かれたことにすべてきちんと答えなくちゃいけないとミズハは思っていたらしく、ぼくがユメ中から帰るまでの二時間半、ふらふらになりながら玄関のまえでマスコミへの対応をしていた。その夜は熱を出したくらいだ。

ぼくはミズハに笑顔をつくり、すがりつく幼い視線に笑いかけた。

「大丈夫、すぐに戻るよ」

アパートの階段を音を立てないように駆けおりて、自転車で奥ノ山にむかった。遠くから見ると奥ノ山は光りの街の中心にうずくまる黒い獣のようだった。


クスノキのしたで立ったままはるきは待っていた。もう花期が終わって地面にこまかな花びらが散り、あたり一面が薄緑に見える。はるきはいらいらしていたようだ。ぼくがそばにいくまえに声をかけてきた。それも悲鳴のような声だ。

「長沢くん病気じゃないんだって、自殺未遂だってって」

「えー、どうして」

　思いきりグーで殴られたってあんな衝撃はなかっただろう。ぼくはその場に座りこみそうになった。

「塾の先生がいってた。うちの塾のほうが学校より情報が早いよ。日曜日の夜、お風呂場で手首を切って、応急手当ては自分のところの病院でしたらしい。いったん救急病院に運ばれたけど、今はもう家に戻っているって」

「そうか……」

　しばらくふたりともなにもいえなかった。七月十日をすぎても今年の梅雨は終わらない。湿った重い風が奥ノ山の斜面を吹きあげてくる。

「ぼくのほうでも連絡することがあるよ。夜の王子が誰だかわかったんだ」

　そういって文集のコピーを渡した。今度、驚きの声をあげるのははるきの番だった。真剣な表情でコピーを読んでいる。ぼくはわきから、キーホルダーについたマグライトで照らしてあげた。

「驚いたね。やっぱり松浦くんが王子だったんだ」

「たぶん、そうなんだろうね。もう三年もまえの読書感想文だから、誰も気づかなかったのも無理はない。夜の王子のサインが夢見山のあちこちの学校や公園なんかに残されるようになったのは、ぼくが小学校五、六年の頃だ。最初に誰よりも早く夜の王子のサインを考えたのが松浦くんなのは間違いない。大迫くんが自殺する直前も、よく彼の家に遊びにいっていたらしい」

「それに私の図書室のリストもあるし。もう大人の誰かに話さなきゃだめじゃないかな。長沢くんだって自殺未遂したんだから。立派な犯罪だよね」

「考えてみる。でもぼくたちがもっているのは、どれもはっきりした証拠じゃないんだ。社会でやったじゃないか」

「うん、おぼえてる。疑わしきは、罰せずでしょ。でも、松浦くんは疑わしいどころか黒すぎるよ。それにあの感想文、不気味だし」

ちょっと驚いた。ぼくはものすごく切ないけれど、気味が悪いとは感じなかったから。

「そうかな」

「そうだよ、だってあれは大人の目を計算して書いてる。そうじゃない子どもなんていないけどね。上手なだけ悪質だよ」

その大人たちの目から見たら、少年Aの兄の申し立てなど、まるで信用に値しないだろう。すべての証拠をそろえて提出しても、たぶん学校はなにもしないから、まったくあてにはならない。PTAは全員でなんとかぼくを辞めさせたがっている。あの嫌がらせさえすべて無視しているくらいだ。うちの親はカズシの事件でそれどころじゃない。捜査本部も解散しているし、警察はまともに取りあげてはくれないだろう。どうすればいい？　クスノキの花が落ちて、どこかの草をちいさな雨粒のように叩く音が聞こえた。

そのときぼくはあのコロラド州立大の野球帽を思いだした。あれをかぶって東野図書館の花壇に座っていた、高校生みたいな童顔の新聞記者の人。あの人に相談してみよう。

ぼくははるきにいった。

「どっちにしても、明日もう一度、ぼくは松浦くんに会ってみる」

「私もいこうか」

首を横に振った。

「はるきを危ない目には遭わせたくない。ミッチーのこともあるし、むこうだって必死なんだと思う。ぼくひとりで大丈夫だ。学校のなかで会うだけだから」

それから、ふたりで奥ノ山をおりた。ひとりメンバーが減るだけで、こんなに夜の森が暗くなるとは思わなかった。


つぎの日の放課後、第五学舎の出入り口のまえでぼくは立っていた。生徒たちは、ぼくを見るとなにかこそこそと耳打ちしあう。五分もすると、このまえ松浦くんといっしょだった指導部の女子が、ぼくのところにやってきた。

「なんの用なの、なにもなければむこうにいってくれない」

「松浦くんに個人的に話がある。学舎の裏で待っていると伝えてくれないか。それに、こういってほしい。いいかい、ぼくは、読書感想文を読んだ」

その女子はしかめ面をした。なにいってるんだろうという顔でぼくを見る。相手をしても仕方ない。その女子に背をむけると、第五学舎の裏の夢見山の森にはいった。ブナの様子を観察しながら待った。雨がすくなかったせいか、幹の肌も葉も乾燥気味だった。しばらくすると草を分ける足音が近づいてくる。松浦くんは白のボタンダウンの半袖シャツにまたグレイのパンツ。いったい何本灰色のパンツをもっているんだろう。

「三村くん、君もけっこうしつこいね」

「ああ、うちのクラスの学級委員が自殺未遂をしたよ」

「それはたいへんだったね、大丈夫だったのかい」

「うん、去年と違って今回は助かった」

松浦くんはまた爽やかな笑顔を見せる。でも森の光りのせいか明るい笑いではなかった。

「それはよかった」

「大迫くんの家にいったよ。そこで東野第二小の学級文集を見つけた。松浦くんの感想文は見事だった。冗談じゃなく、ぼくは泣いたよ。題名はおぼえているだろ」

「いいや」

顔がますます暗くなる。

「大迫くんのおかあさんは、松浦くんのことを本気でほめていた。クラスでただひとりうちの広明に優しくしてくれたって。松浦くん、どんな気分だい。親切にしてやる振りをしながら、要注意人物として裏でいじめ抜くのは。ほんとうの顔を見せてくれよ。いっしょに考えれば、なんとかなる。警察でも児童相談所でもぼくがついていくよ」

そのとき松浦くんの端整な顔が変わった。歪んだとか下品になったとかそんな単純なものじゃない。なめらかな顔の肌のしたをカナブンのような丸い甲虫が、すごい早さで動きまわったようだった。一瞬のうちに表情がくるくると変わる。血管が切れそうなほど血の色を浮かべたところと貧血を起こしたような青白いところが混ざりあい、顔にまだらの縞ができた。唇を震わせたまま、かつて松浦くんだった少年はいう。ひどく冷静な声だ。

「ほかにも君はいろいろな証拠を集めているんだろうね」

ぼくは急に怖くなった。けれど弱みを見せるわけにはいかない。

「カズシと松浦くんの学校図書室の貸出リスト、五年四組の文集、それに五組の生徒のなかにも去年大迫くんを学舎ぐるみでいじめていたと証言してくれる生徒も出てくると思う」

「森田くんか……しかし、驚いたよ。失礼だけど、三村くんは成績もたいしたことないし、弟のカズシくんよりぜんぜん冴えない。ちょっと圧力をかければ潰れると思っていた。すごく立派だよ。君のほうこそ、ぼくといっしょに組まないか。そうしたら第三学舎なんてすぐに好きなように動かせる」

首を横に振った。そんな誘いではタンポポの綿毛ほども心は動かない。松浦くんは再び爽やかな笑顔に戻っていう。

「ぼくが君と児童相談所にいかないと、どうなるんだい」

「たぶん、すべての情報をまとめて知りあいの新聞記者に渡すことになる。どれも絶対的な証拠だとは思わない。なにも起こらないかもしれないし、大騒ぎになって今のぼくと同じくらい松浦くんも不愉快な目に遭うかもしれない。そうなったら、松浦くんの両親にも知られるだろうね」

　家族の話にふれたときだけ、松浦くんの顔色がまた変わった。赤と白の縞模様。

「わかったよ。考えさせてくれ。ぼくにとっては重大な問題だ。今週いっぱいくらいはいいだろ」

　松浦くんの目は空《うつ》ろだった。ぼくを通り越してブナの森を映しているだけ。黙ってうなずくと、むこうもうなずき返す。ぼくは松浦くんを残したまますぐに夢見山の森を出た。早足で第三学舎にむかう。なぜだか怖くてしかたなかった。ぼくの足は教室に戻る頃には、目に見えて震えていたくらいだ。


　朝風新聞東野支局で山崎がその電話を取ったのは、七月十四日の火曜日の夕方のことだった。公衆電話からのようだ。通りの雑音を背景に子どもの声が電話口から流れだす。

「山崎さんという記者の人をお願いしたいんですが……あの、ぼくは三村幹生といいます」

奥ノ山事件の少年Aの兄だと思いだすまでに、しばらく時間がかかった。あの嵐の夜の遠ざかる背中と、弟の気持ちをわかってやりたいとちいさな声で語った駐輪場の横顔が目に浮かぶ。

事件の単行本の刊行準備に忙殺されて、図書館で申し込んだ取材の約束からすでに四週間がたっていた。もっとも社会人になるとひと月ほどの時間など、それこそあっという間にすぎる。中学生にとってはずいぶん長く感じられるのかもしれないが。

「ぼくが山崎です。久しぶり、元気にやってた」

「ええ、なんとか。あの忙しいとは思いますが、お話を聞いてもらえないでしょうか」

「なにか弟さんのことでわかったの」

「ほんとうの夜の王子が誰だかわかりました」

さりげない少年の言葉に山崎の軽い気持ちは吹き飛んだ。彼はいいかげんなことをいうような少年ではない。あたりまえのように戻ってきた返事に、揺るぎない確信が匂った。山崎は座り直すとペンとメモの用意をした。

「で、それは誰なの」

「電話では話せないんです。読んでもらいたい資料もあるし、明日の夜、会ってもらえませんか」

「わかった。場所はどこにする」

山崎の問いに、少年は夢見山中学の近くのコンビニの名をあげた。

「その駐車場で夜九時半だね、必ずいくよ」

受話器を置くと、急に不思議な気分に襲われた。県警の捜査員が数百人がかりでもわからなかった夜の王子の正体を、十四歳の少年が発見したという。常識では考えられないことだった。しかも、彼は少年Ａの実の兄で情実で判断が狂う可能性も高い。だが山崎はそこで考えを打ちきった。明日の夜になればすべてがわかるのだ。入社当時、先輩記者にさんざんしごかれたではないか。

新聞記者たるもの、事にあたるに予断をもってしてはならない。


水曜日、長沢くんがユメ中に戻ってきた。みんな気を使ってあまり話しかけない。ぼくとミッチーでさえなんだか硬くなった。でも長沢くんはいつもと同じように淡々と授業を受けていた。先生の質問が難しくなって、誰も手をあげなくなると授業を先にすすませるために右手をあげる。包帯のうえにサポーターを巻いた左手は、隠さずに机のうえに置いたままだった。大丈夫とぼくが聞くと、ほほえんでいう。

「詳しいことは、夜クスノキで。教室では話したくないんだ」

その夜、松浦くんの先手を取って朝風新聞の記者の人を呼んでいることもいいそびれてしまった。梅雨は明けていなかったけれど、その日は真夏みたいに暑い日だった。夢見山の森からはエゾゼミやアブラゼミの鳴き声が、ぽつぽつと教室に届き始めている。

夜九時、ぼくたちは久しぶりに三人で奥ノ山のクスノキのしたに集まった。長沢くんは男物のジーンズと黒の半袖シャツ姿。暗い森のなか手首のサポーターの白が浮きあがって見えた。みんな思いおもいの格好で草のうえに休む。

「心配をかけてごめん」

ぼくもはるきもとんでもないという。長沢くんは静かに話しだした。

「土曜日の朝、病院の自動ドアにあのチラシが貼りつけてあったんだ。ドアのすき間からおしこんだチラシが待合室の床のうえに何十枚も散らばっていた。うちのかあさん看護婦やってるんだけど、最初にあれを見つけてしまったんだ。土曜の夜は家族会議になったよ。どこで育て方を間違ったのか、ぼくがほんとうにホモセクシュアルなのか、そんな話ばかりだった。結局三年がかりで集めたワードローブは、庭で全部燃やされてしまった」

長沢くんの声は淡々としていた。

「今思うとつまらないことをしたなって感じだけど、ひどく落ちこんで、日曜の夜バスルームで手首を切ってしまった。発作的だったと思う。生きててもしょうがないや、やっちゃえって。手首の動脈を直角に切っても血が止まることは知っていたから、動脈をえぐるように平行に切った。そのつもりだった。三センチくらい。でも簡単には死ねないもんだね。医者の息子なのに、ぼくはだらしないよ」

そういうとニュータウンの街の灯を見て、かすかにほほえむ。ぼくは長沢くんがすごく遠くにいってしまった気がした。夜の王子はここにもいた。自分の命をＳＯＳに代えて送信する。その信号は長沢くんの家族には届いたんだろうか。

「でも、大丈夫。もうあんなばからしいことはしない。ぼくは夏休み東京にカウンセリングにいかされることになりそうだ。うちの親は医学とか精神療法とか信じてるから。病気じゃない可能性は考えてないみたいだ。まあ、いいよ。東京ならまた原宿にいけるし、親にはぼくがすこしずつカウンセリングして、理解を深めてあげるしかない」

はるきもぼくも黙ったまま聞いていた。長沢くんはため息をつく。

「それでも、これから何年もこの街で暮らすのは、つらいなあ」

暗いクスノキの木陰で三人ともうなずきあった。みんなが心の底からそう感じているのが、なにもいわなくてもわかる。あと何年だろうか。社会人になってこの街を出ていく日が、時間の地平線のかなたのような気がする。一年先のことだってとても想像つかない。だって二カ月まえは、カズシの事件だって存在しなかった。うちの家族五人はベニバナトチノキの通りで平和に暮らしていたんだ。

ぼくはそれから、大迫くんの自殺の話と読書感想文の話をした。はるきは知っているけれど、長沢くんは初めてだったから。

「カウンセリングが必要なのは確かに松浦くんかもしれないね」

長沢くんの反応は冷静だ。ぼくはひとりクスノキの集会に招待している人がいるといった。新聞記者の人で今まで何度か会ったことがあり、信用できそうな人だと。松浦くんは今週いっぱい考える時間がほしいといったけど、そのあいだにぼくたちになにがあるかわからない。先に情報だけでも流しておきたかった。長沢くんはいう。

「ぼくのことを秘密にしてくれればいいよ。さすがにまだ新聞に書かれるような勇気はないから」

うなずくとぼくは、山崎さんを迎えにいくため奥ノ山をおりた。


約束の五分まえから、山崎は指定されたコンビニの駐車場でシビックにもたれて待っていた。水曜日の夜でも少年たちは盛んに店に出入りしている。ファミリーレストランや喫茶店のないニュータウンでは、コンビニが数すくない子どもたちの社交場のようだ。

九時半ちょうど、あの少年が奥ノ山のほうから徒歩であらわれた。手にはなにもさげていない。ジーンズにTシャツ姿であの野球帽はかぶっていなかった。山崎のほうから少年に声をかける。

「やあ、こんばんは」

少年はこくりとうなずくといった。

「お久しぶりです。友達が待っているのでいっしょに来てもらえませんか」

大人びた声だった。四週間のあいだ、この少年になにがあったのだろう。気のせいか背もすこし伸びているように感じられた。

「まえよりおおきくなったんじゃない」

少年は照れたような笑顔を見せる。

「ええ、この二カ月で三センチ伸びました。朝起きるとひざが痛いことがあります」

山崎は少年に案内されて、夜の奥ノ山にはいった。最初に通されたのは取材でのぼったことのあるあの不気味なけもの道だった。虫の声、葉ずれ、自分たちの足音、夜の森のなかでは聴覚だけがひどく敏感になるようだった。けもの道をあのガラスの部屋とは反対方向にそれて三分ほど、距離感がまったくつかめなくなった頃、湧きあがる緑の雲のような巨木が中央にそびえる空き地に到着した。その木のしたに黒いシャツの線の細い少年と、図書館で見かけたボーイッシュな少女が立ってこちらを見つめている。

木陰にはいると少年がふたりを紹介する。

「うちのクラスの学級委員の長沢静くんと八住はるきさん。ふたりには王子探しを手伝ってもらっています。で、こっちが朝風新聞東野支局の山崎さん」

山崎はふたりに名刺を渡した。少年は受け取るとすぐに山崎に視線を戻したが、少女はめずらしそうに名刺を眺めたままだ。

「適当に座ってください。長い話になりますから」

少年Aの兄はそういうと話し始める。山崎が草に腰をおろすのは、もう十年ぶりにもなるだろうか。

彼の話す物語は異常なものだった。支局でも話題になった去年の秋の夢見山中学生徒の自殺事件、そのいじめの首謀者と少年Aのつながり、そして奥ノ山事件を調べる三人への徹底したマークと怪文書。山崎は懐中電灯の明かりで、少年Aと少年Mの貸出リストを読み、読書感想文を読んだ。夜の森を背景に三人の興奮が、山崎にも伝染していく。

「すごいな、君たちよく調べたね」

おおきな目に光りをたたえて、気の強そうな少女が聞いた。

「これで松浦くんを追いつめられるでしょうか」

冷静にならなければいけないと山崎は、気を引き締める。安易な期待をもたせることはできなかった。

「疑惑の影は確かに濃厚だ。でも、これはすべて状況証拠にすぎない。確かにこれだけの情報を全部学校や警察に渡せば、彼らもすこしは動いてくれるかもしれない。だがね、去年の自殺事件ではまだ確実な証言は得られていないし、弟さんも松浦くんに関してはひとことも供述していない。あの事件自体が、とうに結審して過去のものになっている。これだけでは、新聞に書くのもむずかしいと思う。松浦くんは限りなく黒いけれど、人権があるからね」

黒いシャツの少年は、冷ややかに笑うといった。

「人権というのは便利な言葉ですね。自殺した大迫くんにも、弟が事件を起こしたせいでなんでも書かれてしまうジャガにも、そんなものはないのに」

「わかっている。だが、この少年は過去になにも問題を起こしてはいないんだろう。仮にぼくが、君たちの情報をもとに記事を書いても、本社では掲載してはくれないよ。どこかのスポーツ紙かきわ物が得意な週刊誌にでも売りこめといわれておしまいだ」

少女はため息をついた。

「じゃあ結局私たちはやられっぱなしってことになるのかな。ねえ、ジャガ、それなら私たちも怪文書つくろう。それで、学校やニュータウンや警察署にもばらまこう。目には目をだよ」

黙って話を聞いていた少年Aの兄がいう。暗い森のなか、静かなその声はよく通った。

「いいや、だめだ。誰かにひどい仕打ちをされたから、それをやり返してもいいなんて理由はない。それじゃ相手と同じになっちゃうよ。もしそれがうまくいったら、ぼくたち三人がつぎの王子になるかもしれない」

山崎はあの事件からの二カ月が、この少年に与えたもののおおきさを初めて知った。大人になること。正しさの基準を外の世界にではなく自分自身の中心に据えること。周囲の大人たちの最低の行動が、少年に素晴らしい成長を強いることもある。皮肉な思いにとらわれ、山崎はひとり片頬で笑う。黒シャツの少年がいった。

「そしていい子のまま、ぼくたちは潰される。これからだってむこうがどんな手を使ってくるかわからないよ。ぼくたちの銅像が立ってからじゃ遅いんだ」

「わかってる。でも、今のぼくには極めつきの正しいことしか選択できない。ユメ中からいつ放りだされるかわからないし、まだマスコミもうちの家族を狙ってるんだ」

結論はなかなか出ないようだ。山崎はそこで少年たちに聞いてみる。

「ところで、松浦くんの家の人はなにをやってるの」

三人同時のため息がこたえだった。少年Aの兄がいう。

「夢見山署に勤務しています」

「ええっ、じゃあ松浦署長の……」

黒シャツの少年は、また冷たく笑った。

「そうですよ。あの立派な署長のひとり息子です」

沈黙が続き、クスノキの葉を揺らす風の音だけが聞こえた。

山崎さんを交えての話しあいは三十分ほどで終わった。塾帰りのはるきと長沢くんだっていつまでも引き止めるわけにはいかない。ぼくは一連の資料のコピーを山崎さんに渡した。山崎さんは以前から面識があるので、それとなく松浦署長に話を聞いてくれるという。だが、これで事態は一層むずかしくなったそうだ。警察は身内の不祥事には甘いし、徹底して隠そうとすると山崎さんはいう。よほどの証拠でもなければ進展は期待できないだろう。それにその少年はまだ十四歳だ。殺人のような凶悪犯罪でもなければ警察の非行少年への対応はそれほど厳しいとはいえない。

ぼくたちはそれからすぐに山をおりた。けもの道の出口で解散する。はるきは元気に手を振ってニュータウンの明るい夜道を帰っていった。ぼくも自転車でアパートに戻った。だから、長沢くんからはるきの話を聞いたのは木曜日の朝一番のことだった。

その日はしつこい梅雨の曇り空、ぼくはいつものようにユメ中のエスカレーターをのぼっていた。だんだんとステップが水平になり、朝の挨拶がガラスの管をこだまする。いつものように挨拶部隊のなかに長沢くんのクールな顔が並んでいた。ぼくが笑いかけると、厳しい顔で手招きする。ガラスブロックの陰に連れていかれた。

「ジャガ、はるきがやられた。昨日の帰り道、誰かにうしろから頭を殴られたって」

ショックだった。のんびりした朝の気分が吹き飛んだ。どうしたらいい、どうしたらいい。不安と恐怖で思いは同じところをぐるぐるまわるのに、口からは勝手に言葉が出ていく。

「無事なの、ケガはひどいの」

「軽傷ですんだらしい。今日は念のため一日病院にいて、明日から学校に来るって」

「よかった」

そういうぼくを長沢くんが正面からじっと見つめた。

「よくなんかないよ。ぼくたち三人のうちはるきとぼくがやられた。つぎはジャガの番なんだよ」

その日は一日、誰かがそばに来るたびにびくびくとしていた。学内でも人通りのすくないところでは、うしろを何度も振りむいた。ぼくは臆病な人間なんだ。


金曜日、はるきは頭に白いネットをかぶってやってきた。朝の教室でぼくの顔を見るとおおげさに肩をすくめる。元気な振り。授業中ときどきぼんやりと窓の外を眺めることがあったけれど、いつものはるきと変わらなかった。昼休みにノートの切れ端をたたんでつくった紙飛行機をぼくと長沢くんの机のうえに黙って置いていく。机のしたで開いて読んだ。

「放課後、第三学舎の裏で、会おう。H」

六時間目の授業が終わると、ぼくと長沢くんは連れだって教室を出た。学舎の裏にまわる。五月に長谷部卓たちから長沢くんに助けられた思い出の場所。そこから見える夢見山の緑は、一段と深みを増して本格的な夏への準備をしている。すぐにはるきがやってきた。いつものジーンズの上下に肩から斜めにさげたショルダーバッグ。

「急に呼びだして、ごめん」

はるきがそんなふうに素直になるなんて驚きだ。ぼくも長沢くんも口のなかで意味不明のことをもぐもぐいう。

「でも、私しばらくクスノキの集会にいけなくなったから。親に無茶するなって厳しくいわれちゃった。期末も終わったし塾も二週間くらい休めって。つまんないの。クスノキのしたでバカいうのが、数すくないお楽しみだったのにな」

はるきはそういうと足元の砂利を蹴とばす。コンクリートの学舎にあたった小石が乾いた音を立てた。長沢くんがいう。

「相手の顔は見てないの」

「うん、警察でも聞かれたけどだめ。ぜんぜんわからなかった。いきなりうしろからがつんとやられて、頭を押さえてしゃがみこんじゃった。そんな余裕なかったよ。でも、よっぽど五組の松浦くんがやったっていおうかと思った」

はるきはすごくくやしそうだった。今度は学舎の壁をバスケットシューズで蹴る。

「うしろ姿はちらっと見たけど、背が高くてやせてたくらいしかわからない。頭から足の先まで黒っぽい格好をしてたから、高羽くんのときみたいにフェイスマスクをしてたのかもね。つぎは絶対、ジャガの番だよ」

「ぼくもきのうの朝そういったんだ。だけど、明日さえのりきればもう夏休みだから、なんとかなるんじゃないかな」

長沢くんがそういった。確かにぼくはなんとか逃げられるかもしれない。でもそれは松浦くんにとっても同じことだ。これからさらに一カ月半もしたら、それこそ奥ノ山事件のことなどみんな忘れてしまうだろう。

「いいや。ぼくはもう一度松浦くんに会うよ。このまえの返事をもらう約束をしたし。ぼくは松浦くんがだんだんと壊れだしているような気がしてしょうがないんだ。今度のはるきの件だって、こんなこと人には頼めないから、絶対自分で動いていると思う。誰かに目撃される可能性だってあるし、もしかしたらはるきが大怪我をしていたかもしれない。松浦くんだって追いつめられて必死なんだよ。だから……」

「だから、なあに」

はるきがぽつりといった。

「だから、ぼくが止める」

どんな手を使ってもとはいえなかった。長沢くんはただじっとぼくを見ている。はるきがいった。

「がんばってね、ジャガ。私にはそんなことできないや。私、襲われて女みたいな悲鳴をあげて、泣いちゃったんだ。あんな嫌なやつに私の悲鳴を聞かれたかと思うと、死ぬほどくやしいよ。自分が嫌になる。私にあんなやつぶっ飛ばせる力があればな」

途中からはるきの声の調子が変わった。はるきはこぶしをしっかりと握ったまま、足をふんばり正面をむいて肩を震わせている。はるきの涙を見たのは初めてだった。おおきな目をいっぱいに開き、まっすぐまえをにらんではるきは泣いていた。

ぼくがなんとかするしかない。これはもともとぼくの弟から始まった事件なんだ。ぼくたちははるきが夜外出できない二週間、クスノキの集会を休むことにした。

二週間後、クスノキのしたでまたふたりに会えたらいいな。心の底から、そう思った。ぼくまで少年Aになったら、うちの親はどう思うだろうか。

松浦くんといっしょにガラスの星で燃えつきること。そのときはほかになんの解決法も思い浮かばなかった。


その日の夕方、アパートに帰り玄関でトレッキングシューズを脱いでいると、ミズハが奥の部屋から駆けてきた。狭いアパートだから、ほんの数歩だけれど妙にうれしそうにはしゃいでいる。ミズハは茶色のちいさな紙袋を、座ったままのぼくに差しだす。

「はい、お兄ちゃん、お兄ちゃんの知りあいの人から渡すように頼まれた。ミズハねえ、その人にハーゲンダッツのアイスクリームもらっちゃったよ。すごいねえ、その人、ミズハがクッキー&クリームが好きなこと知ってたんだよ」

知りあい？　誰だろうと思った。紙袋を開ける。ぼくの顔色が変わったのがミズハにもわかったらしい。

「お兄ちゃん、どうしたの。変なもんはいってたの」

「いいや、なんでもないんだ。ミズハ、それよりその人どんな人だった」

「背がおおきくて、色が白くて、かっこいい人。高校生かもしれない」

たぶん、松浦くんなのだろう。もうどうでもよかったけれど。ぼくは紙袋のなかをもう一度覗きこんだ。新品の布ベルトがひとつはいっていた。カズシが亡くなった女の子にとどめを刺したものと同じ赤と青のボーダー柄だった。カズシはいつもだぶだぶのジーンズのウエストから、ひざにふれるくらい長く布ベルトの先をたらしていた。

今度狙っているのは、ぼくじゃない。妹のミズハだ。それが夜の王子のメッセージだった。もう完全に壊れている。松浦くんを止めること。ぼくの頭のなかでは、それはもう救うことと同じ意味になっていた。カズシと同じことをやるというのなら、夜の王子は灰になって燃えつきたほうがいい。

だけどそこでぼくの考えも止まってしまう。夜の王子を止めるにはどうすればいい？どうすればぼくの話にみんなが注目してくれる？　ぼくの頭ではこたえはひとつしか浮かばなかった。

事を起こすこと。嫌でもみんなが注目せざるを得ない事件を起こすしかない。

ぼくは机の引き出しから、フィールドナイフを取り出して、机のうえに置いた。革のケースからナイフを抜いて卓上ライトの光りを反射させてみる。まぶしい輝きが刃先へゆっくりとのぼっていく。それから、手紙を書き始めた。夜の王子についてぼくが知っていることをすべて書き、貸出リストや感想文のコピーも同じ封筒にいれた。それから、ナイフと手紙をリュックの底に置いた。

ぼくはかあさんがパートから帰ってくるまえに電話を使うことにした。松浦くんの家の電話番号を押す。森田くんから学級名簿のコピーは以前もらっていた。呼び出し音が三回鳴るとひどく上品な声がゆっくりと受話器から流れだした。

「はい、松浦でございます」

「慎吾くんの学校の友人で三村といいます」

「はい、少々お待ちくださいませ」

しばらくして松浦くんの爽やかな声が聞こえた。

「驚いたね。いきなりうちに電話してくるなんて」

「悪かった。でも明日は終業式だ。このまえの話の返事を聞かせてもらえるかと思って」

「電話じゃ話せない。明日学校で連絡をいれる。直接会って話そう」

「わかった。今日うちの妹にプレゼントを渡したのは松浦くんだね」

低い笑い声が響いた。電話で聞く笑い声はひどくなまなましかった。息継ぎの音さえ大風のように耳元に響く。

「いいや、ぼくはそんなことは知らない。また程度の低いやつの嫌がらせじゃないのか。ところで中身はなんだった」

じらすような口調で松浦くんはいう。

「布のベルト」

「柄はカズシくんが使っていたのと同じものだったのかな」

「そうだ。青と赤のボーダー」

「なるほど。ちょっと気になったものでね。それにしても手のこんだいたずらをするやつがいるもんだ。じゃあ明日学校で」

そういうと松浦くんは電話を切った。ぼくはそのままの格好でしばらく立っていた。受話器をフックに戻す気にさえならない。

ひどく気疲れしていたがぼくはミズハと遊んだ。カズシの事件の調査や期末試験のために、妹とこのところ遊んでいなかった。ミズハが喜ぶ顔を見るのは楽しかった。この笑顔を守りたい、夜の王子にふれさせてはいけない。臆病なぼくのなかにさえ、ちいさな意志のかけらはあるみたいだ。

その夜は、ふとんにはいってもなかなか寝つけなかった。リュックのナイフを何度も確かめてみる。フィールドワークにいって植物を伐るたびに、汚れを落としオイルを使って研いでから、革のケースに戻している。ハイカーボンステンレスの刀身は買ったときと同じようにぴかぴかだった。刀長は九十五ミリ、ハンドドルはサンバースタッグという鹿の角製。ぼくのもっているもののなかでは、マウンテンバイクのつぎに高価なものだ。とうさんに東京のアウトドアショップで買ってもらったぼくの宝物。

このナイフをこんな目的のために学校にもっていくなんて想像もできなかった。カズシに続いてぼくまでとうさんを悲しませることになるな、真夜中そう思うと涙が止まらなくなった。隣の部屋からかあさんとミズハの寝息がふすま越しに聞こえてくる。それでも、ぼくの決意は変わらなかった。

ミズハのため、長沢くんのため、はるきのため、それにぼく自身となにより松浦くん自身のために、これ以上夜の王子が壊れていくなら、ぼくが終わりにしてあげなくちゃいけない。

たとえ、それでぼくまでひと握りの灰になっても。

終業式の土曜日はよく晴れた青空がニュータウンのうえに広がっていた。あまり寝ていないのに、ひどく爽やかな気分だった。ぼくがエスカレーターのうえで朝の挨拶をすると、長沢くんが学級委員の列を離れてついてくる。ちらりと松浦くんの顔を見た。平然としたままのぼってくるすべての生徒に、にこやかにおはようございますと声をかけている。

肩を並べて歩きながら長沢くんはいう。

「ジャガ、どうしたの。顔が引きつってるし、顔色悪いよ」

さすがに観察が鋭かった。自分では気づかなくてもぼくはすごい顔をしていたのかもしれない。

「なんでもない、大丈夫だよ」

校庭を歩いている生徒はみな足取りが軽そうだ。五センチくらい浮きあがっているみたいに見える。無理もない。明日から終わりが見えないくらい長い夏休みが始まる。ぼくたちは第三学舎の出入り口に着いた。ゲタ箱のフラップをあげると、たたんだ紙切れが一枚はいっていた。長沢くんに見えないように開いて読んだ。

「今夜九時、奥ノ山山頂で待っている。　　夜の王子」

長沢くんが不思議そうにぼくを見た。

「どうしたの、表情変わったよ、ジャガ」

「いいや、なんでもないんだ。いつもの嫌がらせの手紙だよ」

ぼくはそういって、毎度そうしているようにゲタ箱の横のクズカゴに松浦くんの手紙を丸めて捨てた。長沢くんは諦めたようにいう。

「なら、いいんだ。ぼくは挨拶部隊に戻る。また教室で」

ぼくがうなずくと長沢くんは足早に校庭を横切っていった。

校庭で里見校長の一学期終了の言葉を聞いたあと、それぞれの教室に戻った。大掃除の時間だ。ぼくは精一杯二年三組の教室をきれいにした。自分の机と椅子なんて三回もぞうきんがけしたくらいだ。

大掃除のあとは美佐子先生の夏休みの注意があって、いろいろな教科の宿題が全員に大量に配られた。最後がクライマックスの通信簿。

ひとりひとり名前を読みあげられ教壇にむかう。ユメ中は男女混合簿だから、ぼくの名前が呼ばれるのは最後のほう。ついにぼくの番が来る。美佐子先生のまえに立った。

「たいへんなことがたくさんあったけど、三村くんの学校での生活態度は立派だったよ。成績はすこし落ちちゃったけど、すぐに取り戻せます。それより、先生もあの事件についてはみんなと話したいことがいっぱいあったの。校長先生の方針でクラスではふれられなかったけどね。夏休みのあいだにもう一度よく考えてから、二学期にはみんなときちんと話をしましょう。夏休みを楽しんで」

最後の言葉は、生徒のひとりひとりに繰り返された。そのひとことで夏休みが来るんだと実感する。ぼくには幻になるかもしれない四十四日間の無限の夏休み。

その日はめずらしく、はるきと長沢くんとミッチーとぼくの四人で帰った。

校庭に降り注ぐ日ざしがまぶしかった。ひざのうえに宿題を山積みにしてミッチーはおどけていう。

「こんなとこ写真に撮られたらたいへんだね。絶対書かれちゃうよ。『ホモとレズと王子の兄と車椅子のデート！』ってさ」

けっこうきつい冗談だったけど、ぼくたちは笑った。そういえばミッチーはあの怪文書に自分が出ていないことにひどく腹を立てていたんだ。友達といっしょならたいていのことは笑える。エスカレーターのしたで別れるとき、三人と握手をしてありがとうとお礼をいいたかった。できたら抱き締めたいくらい。その代わりにぼくがしたのは、マウンテンバイクで走りながら両手離しで振りむき、いつものように腕を振ることだった。

さようなら、ありがとう、つぎに会うときまで変わらずにそのままでいてほしい。つぎにいつ会えるのかまるでわからなかったけれど、遠ざかる三人に心のなかでそういった。

アパートで通信簿を見せるとかあさんは、まあ仕方ないという顔をした。どこも同じかもしれないけど、うちは土曜日のお昼はカレーのことが多くて、その日もカレーライスだった。ぼくはお代わりをしてから、氷水をコップ一杯飲みほして、外に飛びだした。

いつまでもうちにいると、かあさんに気づかれそうな気がした。決意が鈍って出かけられなくなるかもしれない。マウンテンバイクで迫然寺にむかう。

その途中、また花を探して夢見山の郊外を駆けまわった。今は七月のなかば。このあたりのように自然が豊かなところなら、すぐに野草の花くらい見つけられる。みんな見ているのに忘れちゃってるだけなんだ。その午後は田んぼのあぜ道のわきにセリがひと固まりになって咲いているのを見つけた。フィールドナイフを抜いてセリのしっかりした茎を伐っていく。セリは複散形花序といって茎の先端から、線香花火のように花枝があちこちに伸びて、その先に細かな白い花を丸くつける。たくさん集めると、花屋さんのばかみたいに高いかすみ草よりずっときれいだ。

ぼくはまたオヒシバの茎で根本をたばね白いセリの花束をつくった。いろんな種類の花を混ぜたりできないから、素朴できれいだけれど、ぼくの花束はあまりかっこよくもおしゃれでもない。しょうがない、ぼくはどうせジャガイモなんだ。結局あの女の子に一度も立派な花束を供えることができなかった。自転車に戻り走りだす。風のなかに野草の花束をさげた。葉先が風に震える音がする。日ざしが真上から照りつけて、水田のうえに広がる青空は一層硬さを増しているようだった。

迫然寺の門を抜けて、女の子のお墓に歩いた。でも角を曲がるとすぐにぼくの足は止まってしまった。亡くなった女の子のお墓のまえに、大迫くんのおかあさんと見知らぬ顔のまだ若い女の人が立っていた。紹介されなくてもすぐにわかる。亡くなった女の子のおかあさん。何サイズもおおきなダウンのロングコートにくるまれるように、悲しみの空気がその人を取りまいている。どうしたらいいかわからずに、ぼくは深々とお辞儀をした。

「すみません、毎週勝手にお参りなんかして」

大迫くんのおかあさんがいう。

「あなたのことは向井さんに話しておいたわ。さあ、お花を供えてあげて」

ぼくはこちこちになりながら、女の子のお墓の一番したの段にセリの花束を置いた。茎の根本の長さがばらばらなのが恥ずかしかった。手をあわせる。頭のなかは真っ白でなにも願うことはできなかった。墓石のまえを退いたぼくに、亡くなった女の子のおかあさんはいった。

「あなたの弟さんのことは一生許せないと思う。でも、毎週お花を供えに来てくれてありがとう。あなたのお花は、誰のものより心がこもっていた」

そういうとその女の人は、静かに泣きだした。セミの鳴き声がスギの木から降ってあたりのお墓に反射している。涙を落とさないように必死でこらえた。だってぼくには泣く資格なんてない。大迫くんのおかあさんに学級文集を返した。大迫くんのおかあさんはあがって、冷たいお茶でも飲んでいきなさいという。向井さんも亡くなった女の子の話をぼくにしておきたいそうだ。だけど、ぼくはお礼をいって断った。来週時間が取れたら、必ずお話をうかがいます。そういって、境内をあとにする。

これでもう心残りはなくなった。夜になるのを待つだけ。

腕時計を見た。まだ午後四時。日没まで二時間半、夜の王子との約束まで五時間。ぼくは暗くなるまで、ふるさとの夢見山ニュータウンを自転車で走りまわることにした。

ぼくが読んだカズシの事件の記事やレポートでは、ニュータウンという人工の街の冷たくて非人間的な構造が事件の元凶のひとつ、とするものが多かった。それはなんだかものすごくわかりやすくて、納得がいきそうな説明だけど、ほんとうにそうなのかとぼくは思う。小学生の頃から遊んだあちこちの児童遊園や、かつての友達が住んでいた通りをあてもなく自転車で走りながら、ぼくは考えた。

日本全国のどこにでもニュータウンはある。東京なんて考えたら全体が巨大なニュータウンみたいなものだ。でもどこでもカズシのような事件が起きているわけじゃない。環境だけのせいにするには無理があるし、第一それじゃニュータウンに住んでいる人がかわいそうだ。誰もが簡単に引っ越したりできるわけじゃないんだから。

評論家はニュータウンに住んでいる人の並みはずれた同質性を問題にする。夢見山では住民の三分の二が、一部上場企業の工場か研究所で働いているそうだ。でもそれをいうなら日本全国どこでも、すべての人がみんなと同じでなければならないという圧力に潰されそうになっている。テレビは横並びの番組で同じタレントを使いまわし、それぞれ立場が違うという新聞だって、カズシの事件には集団ヒステリーみたいな記事でしか対応できなかった。

考えれば考えるほどわからなくなるんだ。ぼくのフィールドワークは失敗だったのだろうか。相手が植物なら、まずいフィールドワークでもこつこつ重ねていけばいつの間にか理解が深まっていくんだけど。

ぼくは最後にベニバナトチノキの通りにいった。懐かしい家のまえで自転車を停める。あの事件から二カ月。さすがにもうカメラの列は並んでいない。誰も住んでいない家は淋しそうだった。家も年を取るんだなと思った。二カ月でぼくの家はすごく年老いてしまった。月に二度ほどとうさんが手いれに来ているから、なんとか昔の面影は残っていたけれど。もし、今夜を乗りきれたらぼくもここに来てとうさんを手伝おう。もう他人の目など気にするのは止めよう、そう思った。

ぼくは夕日のなか、白い家を離れて、奥ノ山にむかった。

クスノキのしたでペットボトルからミネラルウォーターを飲む。ぬるいけどすごくおいしい。時間が来るまで、草のうえで寝転んで待つことにした。遠い山並みに日が落ちて、東の空で生まれた澄んだ紺色が空全体をおおい、西の雲の橙《だいだい》を呑みこんでいく。光りと雲とほんのすこしの濁りもない色彩のショーだった。樟脳の香りに包まれたまま、そんなふうに一時間も夕焼けを見たのは、ぼくは生まれて初めてだ。

夜九時十五分まえ、ぼくはクスノキのした、立ちあがった。それまでにすこしだけ眠り、水を補給し、パンとチョコレートを食べている。フィールドナイフをリュックからジーンズの尻ポケットに移した。

暗い森のなか、けもの道をのぼった。夜空はきれいに晴れていた。すこしだけ星も見える。風だけが荒れて、ブナの梢を激しくゆさぶっている。葉ずれのざわめきが奥ノ山全体をおおっていた。九時五分まえ、頂上に着いた。ブナの幹が点々と空に伸びるバスケットコートくらいの平らな頂。ぼくが歩いていくと、ログハウスのような用具小屋のポーチで誰かがちいさな懐中電灯を振っていた。松浦くんだった。黒いパンツに白い長袖シャツ。懐中電灯の明かりに負けないくらい白いシャツは暗闇のなかで目立っている。小屋のまえで足を止めると、座ったまま松浦くんはいった。

「よく来てくれたね。逃げるかと思ったよ」

「この場所にはあまり来たくはなかった。でも松浦くんの返事を聞かなきゃいけないから。約束だからね」

松浦くんは爽やかに笑う。

「そんな約束をしたおぼえはない。でも最後だから、三村くん……いや、ジャガって君の友達みたいに呼んでもいいかな……ジャガがいってほしいことなら、なんでも話してあげるよ」

風が一段と強くなった。雲が空を走る。星明かりさえ揺れているようだ。ぼくは松浦くんにいった。

「最後って、どういう意味」

「夜の王子の最後って意味さ。ぼくはもうあの遊びを止める。今夜が王子の最後の夜だ」

「じゃあ、ぼくと児童相談所にいってくれるのかい」

「ジャガには、そうだといってあげたいよ。でも、だめなんだ。ぼくは今夜王子を引退する。君がやつの最後の生け贄になる。もう中学二年生だからね、高校受験の始まりは中二の夏休みっていうだろ。だから、遊びはおしまいってこと」

ぼくはポケットのナイフの感触を確かめた。これを使うのはまだ早い。松浦くんはくつろいだまま座っている。ぼくは聞いた。

「水曜の夜はるきを襲ったのは松浦くんなんだろ。それに、あのネット爆弾や怪文書をつくったのも」

「そうだよ、指導部の有志にちょっと手伝ってもらったけどね。でも彼らはぼくが夜の王子であるなんてことは知らない。想像力がないんだ、ウサギ並みだよ。ナイフをもったぼくに自分から近づいて来るんだから。ぼくの両方の顔に気づいたのは大迫くんとカズシくんとジャガの三人だけだ。そういう意味じゃ、ジャガはぼくのただひとりの友達といってもいいかもしれない」

松浦くんは淋しそうにいった。手のひらのなかで懐中電灯をくるくると転がす。

「でも、大迫くんとは仲がよかったんじゃないの。小学校からの幼馴染みじゃなかったのかい」

松浦くんは笑った。でも今度は夜の王子の笑いだった。

「彼のおばさんからなにを聞いたかしらないけど、大迫くんはぼくの銀行みたいなもので友達なんかじゃなかったよ。金が足りないときに、叩けばいいのさ。キャッシュディスペンサーと変わらない。いつもいっしょにいる子ども同士はすぐに親友だなんて、大人は思いたがるものさ。大迫くんはクラスでも鼻つまみだった。家はニュータウンの大地主でわがまま放題に育てられている。クラスにひとりはいるだろ、つまらない自分の意見にばかり固執して、まわりの空気をまるで読めないやつが。そういうのがひとりいるだけで、ホームルームが倍かかるんだよね。彼が自殺して泣いたやつなんて、うちのクラスにはひとりもいないよ」

「遺書はどうしたの」

夜の王子はにやりと笑う。

「ぼくが彼の部屋から回収してきたよ。ぐずぐずと苦情ばかり並べた下品な文章だった。死ぬまえはどんな人間も立派になるなんて大嘘さ。ばかなやつはばかなままだ」

嵐のようにブナの森が揺れていた。松浦くんの声は割れたばかりのガラスのように透きとおり、ぼくの心にまっすぐ刺さってくる。

「わからないことがひとつある。松浦くんはカズシの事件にどう関わったの。鑑識がやった科学捜査だって、カズシが犯人だって証明してる。松浦くんの働きがまるでわからないよ、君が女の子を殺せといったのかい」

夜の王子はすこしむずかしい顔をした。

「そんなに単純なものじゃない。ぼくはひとりっ子でね、簡単にいえば、カズシくんを弟のように愛したのさ。少女マンガにあるようなやつじゃなくね。彼を徹底的にコントロールした。愛情とは支配することだから」

ぼくの胸のなかでなにかがぐらっと揺れた。怒りや憎しみといった激しい感情ではなかった。ぼくがそれまでにふれたことがないものだ。

「いったい、カズシになにをしたんだ」

「少年法の基本理念を知っているかな、それはね、少年は可塑《かそ》的な存在だってことなんだ。要は簡単に変えられるってことさ。生活の細部をしばり、慎重に方向を選んで本やビデオを与え、耳元でたくさんの思想を吹きこんでやる。それだってむずかしい体系なんて必要ない、インテリが好きな哲学者の思想をパッチワークしてやればいいんだ。そして、ぼくに対する恐怖を徹底的に叩きこむ。ぼくがウサギをつぎつぎと血祭りにあげているあいだ、カズシくんは金網に張りついて恐怖に恍惚《こうこつ》としていたよ。そしてつぎの回からは自分からすすんで温血動物を殺すようになった。彼のなかにはもともと暴力的な行為にむかう指向が眠っていたみたいだ。それにしても、彼は素晴らしい生徒で、最高のおもちゃだった。賢くて、敏感で、目を背けるほど残酷。あんなのちょっといないよ。読書感想文なんて目じゃない。カズシくんはぼくの最高傑作だ」

愛は支配することとか、松浦くんはいったい誰に支配されていたんだろう。彼の心はどんな光りもねじ曲げてしまう歪んだガラス玉のようになっている。なぜなんだろう。ぼくがそう思っているあいだも、松浦くんは興奮して話し続ける。

「誰かわかってもらえる人に秘密を話すのって楽しいね。止まらなくなる。カズシくんは自分からいいだしたよ。人を殺してみたい。素晴らしいじゃないか、生徒が先生を越えた瞬間さ。それでいっしょにターゲットを探し始めた。でも、妹さんと同じ年の女の子にするというアイディアはぼくが出したんだけどね。五月十七日、今からちょうど二カ月まえの日曜日、カズシくんはあの子を連れて奥ノ山をのぼってきた。ぼくはこの用具小屋のなかで待っていた。床下の秘密の通路はこのあたりのワルのあいだじゃ有名だ。カズシくんはなかにはいるとすぐに女の子の首を絞めた。ぼくは部屋の反対側からそれを見ていたよ。けっこう時間がかかるものだね。女の子を梁からロープで吊してワンピースの胸をはだけたとき、カズシくんは振りむいてぼくに聞いた。『この子の胸を咬んでもいいかな』。ぼくは思う存分にやるといいといった。あまりの興奮でカズシくんの頰はバラ色だった。目は濡れたビー玉だ。酸欠の金魚みたいに息をしていた。今でもあのときの顔は忘れられないよ」

吐きそうだった。ぼくにはカズシのその顔が簡単に想像できたから。心のなかで吹き荒れる嵐を抑えて、ぼくは松浦くんにいった。夜の王子の顔も興奮でほてっている。

「だけど、なぜカズシは松浦くんのことをひとこともしゃべらなかったんだ。今の話が本当なら立派な共犯だ。そんなの考えられない」

「恐怖を叩きこんだといったろ。カズシくんはぼくなら簡単に人を殺すと信じているのさ。口が裂けてもいうはずがない。そんなことをしたら、かわいい妹がたいへんだ」

夜の王子は見たことがないような甘い笑顔を浮かべる。

「それにね、最後にベルトを使ったとき、片方のはじをつかんでいたのは実はぼくなんだ。それはここだけの秘密だよ。だから、カズシくんの考えはある意味で正しいんだ」

衝撃でしばらく風の音しか聞こえなくなった。ぼくはゆっくりと両手をジーンズのヒップポケットにいれた。すこし疲れた振りをして体重を片足にあずける。右手の指先がフィールドナイフにふれる。鹿の角の温かな感触はぼくに安心感をあたえてくれた。時間をかせぐためにさらに聞く。

「でも、松浦くんはいつからそんなに壊れちゃったんだ」

「ぼくが壊れているかどうかは見方の問題だと思うよ。すくなくともそんなことをいうのはユメ中では少数派だ。でもジャガの質問ならこたえないといけないね。うちの父親が夢見山署の署長をやっているのは知っているよね。もう何年か勤めれば警視正のまま退官だ。もう上はないんだ。父は優秀な警察官だけど、キャリアじゃなかった。学歴がないことを嘆いていたよ。自分は五十三で警視正になったが、キャリアなら書類仕事をするだけで三十三で同じ階級にあがる。試験をひとつ受けていないだけで二十年の差がついたってね。それで、ぼくには徹底した英才教育をした。ぼくは幼稚園にはいるまえに簡単な漢字の読み書きに九九と分数の計算くらいはマスターしていた。学校にはいって驚いたよ。みんなすごく程度が低いんだ。試験のためにヤマを張ったり、塾で重要ポイントを復習したりするという。ぼくには考えられないよ。試験は教科書から出る、教科書は一度読めば頭にはいる。試験にテクニックが関係するなんていうのは頭の悪い人だけだ」

松浦くんはやれやれという顔をする。だが、笑っていられるのは今のうちだ。夜の王子の話を聞いて、ぼくは自分がやらなきゃいけないことがよくわかった。そして、その正しさも。

「父は厳しい人だった。テレビは週に二時間、本は歴史や法律なんかの人文関係だけ、服は親が選んだもの、買い食いは禁止、ゲームは禁止、映画や音楽やマンガは禁止、週末の外出は禁止。ぼくにくる電話や手紙はすべて検閲された。小学校五年生で『星の王子さま』を読んだときは心底感動したよ。ぼくはそれまでに千冊を越える本を読まされたけど、小説というのを知らなかったから。あれは実にいいものだね。素晴らしい形式だよ。でも父のせいにだけするのはぼくの責任転嫁かもしれないね。教育パパは数え切れないほどいる。だけどモーツァルトが快楽殺人犯だったなんて話は知らないから」

鼻から抜ける笑い声が聞こえた。松浦くんは自分自身を笑っているようだ。

「でも、いつからこんなふうになったのかはわからないな。物心ついたときから、そうやってずーっとコントロールされていると、いつか自分も誰かをコントロールしたくなる。愛されてばかりいると、愛したくなる。そんなもんじゃないか。ねえ、ジャガ」

突然松浦くんは声を張った。笑顔はそのままだ。

「そのお尻のポケットにあるものを出していいよ。その格好きゅうくつそうで見ていられないから。ぼくだってジャガが手ぶらで来るなんて思ってないさ」

仕方ない。革のケースごと、フィールドナイフを取りだして太ももの横にたらした。ぼくはポーチに座る松浦くんとの距離を測った。三メートルとすこし。一歩では無理だが、一秒あれば十分な距離だ。雲のない澄んだ夜空に突風が吹き荒れて、奥ノ山が揺れている。距離のつぎは静かにタイミングを測った。

「ジャガ、ぼくが剣道初段なのは知ってるよね。人間はまえに踏みこむときわずかに重心をさげるものだ。ほら、ジャガの腰がちょっとだけ落ちてる。おもしろいね」

そういうと松浦くんは嵐の夜のなかにやにやと笑う。白いシャツがまぶしかった。

「じゃあ、ぼくからもプレゼントをあげる。はい、ジャガ」

松浦くんはそういうと座ったままの格好で、なにかをぼくにトスした。手首のスナップだけで投げられた半透明なそれは、空中でぶよぶよと形を変えながら飛んできた。避ければよかった。しかし突然のことで焦ったぼくは、それをフィールドナイフで叩き落としてしまった。手ごたえはまるでない。革のケースのはしにふれただけで、それは弾けてなかの液体をまき散らした。ジーンズのまえがその液体でたっぷりと濡れる。揮発性の臭いが鼻の奥に抜けて、目に涙が浮かんだ。

ガソリン！

ぼくの胸に二発目が弾けた。裂けてだらしなく落ちているゴムを見てわかった。コンドーム。松浦くんはガソリンでふくらませたコンドームをぼくに投げたんだ。目をこすり正面をむくと、もう夜の王子は立ちあがりコンビニでも手にはいる火炎放射器をかまえていた。左手にヘアスプレーの銀の缶、右手にちいさな青い百円ライター。スプレーのノズルはまっすぐぼくの腹にむけられ、その先に照星《しょうせい》のようにライターが突きだされていた。

ぼくは利根川のキャンプを思いだしていた。火のつきが悪い湿った流木にいらだったとうさんは、空き缶にガソリンをいれて振りかけた。つぎの瞬間、積みあげた木は爆発し炎は二メートルも噴きあがった。間近で見るガソリンの火の速さは光りの速さと同じだ。

「動くな、ジャガ。君はいいやつだけど頭が古い。いつまでもナイフを振りまわしてちゃだめだ。考えてみろよ、ナイフじゃ不自然な防御傷が残るし、首吊りだって自殺に見せかけるのはたいへんだ。ぼくは必死で自殺に見える方法を考えたよ。君と心中する気なんてないからね。火が一番簡単なのさ。ジャガはカズシくんの事件を思い悩んで、事件が起きたのと同じこの場所で焼身自殺する。結局『夜の王子』は君なのさ。このガラスの学校の山頂で燃えつきて灰になるんだから。でもよかったじゃないか、すくなくともぼくだけは君の命の火を見てあげるよ」

笑いながら松浦くんは話した。ぼくはまた距離を測った。火がついたあとで一歩でも二歩でも動けるなら、松浦くんに飛びついていっしょに連れていこうと思った。剣道部で鍛えた引き足の速さでは、可能性は薄いだろう。けどやるしかない。ぼくは自分の身体がずいぶんまえから震えているのに気づいた。

「今夜で『夜の王子』の伝説はおしまいだ。さよなら、ジャガ」

暗闇のなかぼくを狙う銀色のヘアスプレーの缶はゆるぎもしなかった。ぼくは腰をさらに落としてひざのバネをためた。松浦くんの右手の親指が動くのが見えた。百円ライターの火打ち石をこするちいさなぎざぎざのリングをまわそうとする。

そのとき、夜の森に叫び声が響いた。

「やめろ、慎吾」

松浦くんでも、ぼくでもない大人の男性の声だった。その声は松浦くんが立つポーチの端、ほんの数メートルしか離れていない用具小屋の角から聞こえてきた。声に続いて両手をまえにかまえた男の影があらわれる。手のなかのとがった黒いものの先は、夜の王子にむけられていた。警察の青いシャツによく日焼けした顔。テレビで見たことがある顔だった。夢見山署の署長で、松浦くんのおとうさんの松浦慎一郎警視正だ。

「そこまでだ。話は聞かせてもらった。慎吾、おまえは病気だ。とうさんといっしょに、先生に診てもらおう。もうこれ以上、罪を重ねるな」

低気圧の嵐が吹き荒れる夜の森のなか、松浦署長の表情はよく見えなかった。でも声だけで、松浦くんのおとうさんが涙をこらえているのがわかる。

松浦くんは一度だけ、近づいてくる父親に顔をむけた。ぼくにさよならをいったときの笑顔のままだった。松浦くんとおとうさんの視線があった。ぼくには松浦くんの表情は見えなかったけれど、署長の顔色が変わったのはわかった。

驚きと恐れ、それにすこしばかりの哀れみ。それから松浦くんはゆっくりとぼくに顔を戻した。まだら模様に血の色を散らせた顔に浮かぶ笑いはさっきよりもずっとおおきい。夜の王子のいうとおりだった。今は松浦くん自身の目が濡れたビー玉みたいに光っている。息が荒い。赤い舌が下唇を一度なぞった。松浦くんの白いシャツが風をはらんで、遠い国に旅立つ船の帆のようにふくらんだ。

もう夜の王子はためらわなかった。

ヘアスプレーのちいさなノズルを左手の人差し指が五ミリほど押しさげた。暗闇のなか白い霧がぼくに向かって襲いかかってくる。松浦くんの右手のなかで百円ライターの透明な青が揺れた。松浦くんの笑顔がさらにおおきくなる。火打ち石の先から、ちいさな火花が飛んだような気がした。

そのとき、目のまえが炎の白でいっぱいになった。

白い闇のなかで、松浦くんの白いシャツだけが見えた。なにかがとんでもない速さで松浦くんの背中にあたったようだった。衝撃でシャツからほこりが叩きだされる。つぎの瞬間、胸ポケットのあたりが濡れた赤で染まり、松浦くんは糸の切れた人形のようにその場に崩れ落ちた。顔はぼくにさよならをいって笑ったときのままだ。

松浦くんのおとうさんは、すぐに倒れた松浦くんに駆け寄った。動かない夜の王子の横にしゃがみこむと、首筋に手をあてる。深いため息をついた。再び立ちあがったとき、松浦署長の目は真っ赤だった。

「話は聞いた……私はこの子を決して支配しようなんて思ったわけじゃない。ただ将来この子がなにをやるにしても、すこしでも役に立てばいい、そう思っていた。子どもの幸せを願わない親などいない。君のうちのご両親だって、弟さんや君にきっとそう思いながら接していたと思う」

ぼくは黙ってうなずいた。松浦くんのおとうさんは流れる涙もぬぐわずにぼくにいう。

「それでも私はやりすぎてしまったのかもしれない。慎吾はあまりに素直で、どんな目標を与えてもすんなりと達成してしまった。どこまでもすくすくと伸びていくんだと信じていた。それがこんなに捻《ね》じれてしまっていたなんて……すべて私の責任だ。迷惑をかけて済まなかった。この子は私が連れていく……」

そこで松浦署長はいいにくそうに言葉を切った。直立不動の姿勢を取ると、ぼくに深々と頭をさげる。

「たいへんにぶしつけなお願いがひとつあるんだが、聞いてもらえないだろうか」

松浦くんのおとうさんはぼくの目を見ていった。ぼくはそんなに必死な目を見たのは初めてだった。

「ずうずうしいのはわかっている。だが、慎吾のことはこれからも伏せたままにしてくれないか。この子の名誉とたったひとり残されるこれの母親のためにお願いする。死者からの最後の願いだ。弟さんにはたいへん申し訳ないと思っている。だが、三村くん、頼む。私たち親子のことは誰にも漏らさないでくれ」

そういうと直立不動に戻り松浦くんのおとうさんはぼろぼろと涙を落とした。口を結び声を出さずに泣いている。この人は死ぬ気だ。ぼくはなんといえばいい。自分の息子を撃ち殺してから、まだ生きろなんていえるだろうか。夜の王子の正体を警察でもう一度記者会見しろなんていえるのか。強い風のなか、松浦くんのおとうさんとぼくは、むきあったままただ立ちつくしていた。

ぼくの涙もあとからあとから湧いてくる。亡くなった女の子のために、カズシのために、松浦くんのために、それから覚悟を決めた松浦くんのおとうさんのために、涙はあふれて止まらなかった。

それでもぼくの心は揺れていた。なにもいわなければ、あの事件はすべてカズシひとりのせいになってしまう。うちのとうさんとかあさんの顔が浮かんだ。カズシが任意同行されたあの土曜の朝のかあさんの涙。押しいれのなかで丸くなり泣き疲れて眠っていた妹のミズハ。うちの家族がこれからも背負っていかなければならない重い荷を考えた。どうすればいい？　ぼくは今ここでひとりだけでこたえを出さなくちゃならない。共犯はいてもカズシが、あの子を誘いだし実際に殺してしまったことは動かない。ここで松浦くんのおとうさんの頼みを断れば、不幸な家族がもうひとつ増えることになる。

ぼくはそこで考えるのはやめてしまった。森のなかで道に迷ったときのように、あたりを取りまく植物や風や土に心を開いた。ほんとうに大事な質問のこたえを出すのは頭じゃない、心なんだ。ブナの葉のざわめきに耳を澄ませ、夏の夜の空気を胸いっぱいに吸いこんでみる。足の裏でちょうどよく湿った山頂の土の柔らかな感触を確かめる。ちいさな心が動くままにこたえればいい。それがどんな結果を生んだとしても、それなら納得して生きていける。しばらくのあいだ、ぼくはブナの木の一本になって夜の森のなか立ちつくしていた。こたえは心の深くから、ゆっくりと浮かびあがってくる。

「わかりました」

松浦くんのおとうさんにうなずいた。それがぼくの心が選んだこたえだった。

「ありがとう。君は立派な少年だ。私と息子の分まで、しっかりと生きてくれ」

松浦くんのおとうさんはそういうと、松浦くんを両手で抱きあげた。そのまま夜の森にはいっていく。吹き荒れる嵐に揺れる緑が、松浦くんの白いシャツを隠したのはそれからすぐだった。

ぼくはけもの道をおりた。奥ノ山のうえのほうから、もうひとつの銃声を聞いたのはその途中だ。

奥ノ山を出て、コンクリートの歩道に足をつけた。確かな踏み心地に初めて生きているんだと思った。足が震えだす。近くの街灯のちいさな光りの輪のなかに、長沢くんとはるきと朝風新聞の山崎さんの顔が見えた。三人は心配そうな表情で駆けよってくる。

はるきが泣きそうな声でいった。

「ジャガ、帰ってこれてよかったね」

はるきはぼくに飛びつこうとしておかしな顔をした。

「なにこの臭い、すごくくさくない？」

長沢くんはいつも冷静だ。

「ガソリンをかぶったのか。かなり危ないところだったみたいだね。ジャガにあやまらなくちゃいけないことがある。ぼくはジャガのプライバシーを侵害したよ」

長沢くんは今朝、エスカレーターに戻る振りをしてゲタ箱に取って返し、クズカゴから松浦くんの手紙を拾ったという。読んでからすぐに山崎さんに連絡を取った。山崎さんと長沢くんが夢見山署の駐車場で松浦署長をつかまえたのが夜七時すぎ。夜の王子の説明をひと通り済ませた頃には、八時をまわっていた。山崎さんと署長はクルマ二台で奥ノ山に駆けつけ、署長はふたりに残るようにいい、けもの道をのぼっていった。

「ありがとう、長沢くんにはまた助けられちゃったね」

山崎さんは焦っていう。

「うえはどうなってるんだ」

「ぜんぶ終わっています。最初の銃声は署長が松浦くんを撃った音。つぎのはたぶん署長が自分を撃った音です。そちらはぼくは見ていません」

それを聞くと山崎さんは奥ノ山に飛びこんでいこうとした。

「待ってください。ぼくは署長が死ぬまえに約束をしました。夜の王子の正体は決して明かさない。山崎さんが第一発見者になるのは構いませんが、王子のこともぼくたちのことも警察に聞かれたら知らないということにしてください。お願いします。亡くなった署長の最後の頼みで、ぼくはうんといったんです」

山崎さんの表情はくるくると変わった。頭をかきながら必死で考えているのがわかった。

「第一発見者になって、なんの事情も知らないなんてしらは切れないよ。この場所にいることをなんていえばいいんだ。わかっているだろう。息子さんのほうはほんとうに亡くなっているのかい」

「ええ、松浦くんのおとうさんが脈を診ていました。即死だったようです」

「松浦署長はどう」

「わかりません。でもあの人は最後に間違うことはない。それは山崎さんのほうが詳しいんじゃないですか」

言葉に詰まったようだ。しばらく間をおいてぽつりと山崎さんはいった。

「そうだな、自分の面倒を見られない人じゃなかったよ」

ぼくは山崎さんの顔をじっと見ていた。ここでどう決断するかで、山崎さんがほんとうはどっちの側の人間かわかるのだから。

奥ノ山事件が起きた現場で、地元の警察署長が長男を道連れに無理心中した。それだけでトップニュースの価値がある。山崎は奥ノ山を周回する遊歩道で考えていた。目のまえには三人の中学生が並び、山崎の顔をじっと見つめている。なにを考えているのかわからない視線だった。

山崎の考えは駆けめぐった。無理心中の裏にはこの数年、夢見山地区を騒がせていた「夜の王子」の正体が隠されている。去年秋の夢見山中学生徒の自殺事件、今年の春の女児殺害事件、その両者に深い関係をもつ謎の人物の正体が明らかになるのだ。組織に属す一新聞記者としては、当然ニュースバリューの大小で考えざるを得ない。それに、このニュースは山崎だけが握る特ダネだった。他の新聞社だけでなく、朝風新聞のすべての記者までやすやすと「抜き」さることができる。

だが、そのためには目のまえの三人を裏切らなければならなかった。情報提供者はまだ十四歳の中学生だ。いったん報道が始まれば、ようやく静かになったニュータウンはまた嵐に呑まれることになる。この三人は松浦署長の遺族とともに、マスコミの十字砲火を浴びるだろう。

これほどのスクープを抜いた場合の経済的メリットも考えた。社長賞は固いかもしれない。真実を伝えるという報道の務めもある。どう考えても「夜の王子」を記事にするほうが正しい選択だ。

そして、山崎は三人の中学生の目を見た。いつか自分がそんな目をしていた日のことを思いだす。大人になど永遠にならないと思っていた頃。つい先日クスノキのしたでこの少年に感嘆したこともあったはずだ。

大人になること。正しさの基準を外側にではなく、自分自身の中心に据えること。

それは山崎自身の言葉ではなかったろうか。記事に書くのは簡単でも、実行するには困難が伴う単純な真実だ。それから唐突に松浦署長の顔が脳裏に浮かんできた。署の階段ですれ違い、挨拶を交わすよく日に焼けた笑顔。

（よう、山ちゃん、元気でやってるか）

山崎はため息をつくといった。

「ぼくは一生後悔すると思うよ。わかった、夜の王子については書かない。自分が甘くて嫌になる。ただ、心配だから匿名で通報だけいれさせてくれ。一晩中ふたりを放っておくわけにもいかないだろう」

ジャガイモのような少年がいった。

「無理をいってすみません。ほんとうにありがとうございます」

ショートヘアの涼しげな目をした少女は、大人にしてはまああじゃないという顔で山崎を見る。だが、それもあたりまえなのかもしれない。すべての情報をつかんだのは、目のまえにいるあばたの頬をした小柄な少年だ。自分は最後にバトンを渡されただけのことである。山崎は最後にいう。

「ねえ、三村くん、ぼくも君のことをジャガって呼んでもいいかな」

少年は恥ずかしそうにうなずいた。山崎は携帯電話を取りだし、警察署の一般回線の番号を押した。どの回線がテープレコーダーにつながっているかは、奥ノ山事件の取材の最中に確認している。山崎は電話がつながると必要なことだけを伝え、匿名のまま回線を切った。


それから、ぼくたちはそれぞれの家に帰った。

山崎さんはシビックではるきと長沢くんを送ってくれるという。奥ノ山をめぐる周回道路をちいさなセダンはゆっくりと走った。ぼくが横をマウンテンバイクで並走していたからだ。はるきは窓をいっぱいに開けて、ちいさくぼくに手を振る。長沢くんは笑っているのか泣いているのかわからないクールな表情だ。風はまだ吹き荒れていたけれど、雲ひとつない夏の夜空がニュータウンのうえに広がっていた。ぼくは風にのって運ばれてくる遠くの緑の匂いを胸いっぱいに吸いこんだ。はるきは頭に白いネットをかぶったまま、妙にはしゃいでいるようだ。無理もない。明日から果てしない夏休みが始まるんだ。

ニュータウンの中心部までくると、シビックは交差点を曲がっていった。ぼくは無人の街を抜けて、緑のさざ波を打つ田んぼのなかの国道を、追い風をいっぱいに受けて走った。アパートに帰るとそれでもまだ夜の十一時まえだった。クスノキの集会で帰りが遅いのに慣れてしまったかあさんはなにもいわなかった。二時間の推理ドラマの謎解きに夢中になっていたせいかもしれない。でも、小言をいわれてもぼくはとても起きてはいられなかったろう。なにせ骨の髄《ずい》まで疲れてしまっていたから。これは比喩じゃなく、ものすごく正確な表現だ。

翌日から夢見山はまた大騒ぎになった。けれど警察の対応は素早かった。公式発表はこうだ。高校受験を（再来年に！）控えてノイローゼになった長男を撃って、松浦署長は無理心中を図った。春の奥ノ山事件の心労も重なっていたと思われる。「夜の王子」についてはどの新聞でも、ひとこともふれられていなかった。山崎さんは約束を守ってくれたんだ。ひとりきり残された松浦くんのおかあさんは、ほんとうにかわいそうだった。テレビでは泣きながらふたつの遺影をかかえる姿が放映されていた。松浦くんは夜の王子ではないほうの爽やかな笑顔で黒い枠のなかにおさまっていた。ぼくが彼を思いだすときは、今でもそっちの顔のほうが多い。

　松浦くんのおとうさんは、ひとり息子の遺体を抱いて、森のなかのガラスの小部屋にいった。あのガラスの破片が無数に散らばった空き地。そこで風倒木に松浦くんをもたせかけ、自分は隣に座ったまま銃の引き金をひいた。おとうさんの左手と松浦くんの右手はしっかりと官給品のネクタイで結ばれ、手も握られていたという。山崎さんにその話を聞いたとき、ぼくはすこし涙ぐんだ。

　署長の無理心中は県警のうえのほうから圧力がかかって、ほとんどニュースにはならなかったという。山崎さんはさばさばした表情でいった。

「ぼくが仮に記事にしてもうちの上層部のほうで握り潰したんじゃないかな。状況証拠ばかりだし、死者に対する礼というものがある。それに今後の県警との関係もむずかしくなるからね」

　死者に対する礼は確かにある。ぼくは今でも、土曜日の午後には野草の花束をさげて大迫くんの家のお寺にいっている。亡くなった香流ちゃんの話を、香流ちゃんのおかあさんからずいぶん聞いた。秋までは花が咲いているけれど、冬になったら花束をどうしようかちょっと不安だ。

　大迫くんのおかあさんが動いてくれて、香流ちゃんのご両親とうちの親が直接顔をあわせたのは七月の終わりだった。場所は迫然寺の一室。ぼくはどういう話になったのか聞いていない。とうさんとかあさんはアパートに帰ってきても、目が真っ赤なままだった。ふたりもこれから毎月香流ちゃんの墓参りにいくそうだ。ぼくのお参りは秘密にしてもらったから、うちの親はぼくと香流ちゃんのおかあさんとのことは知らない。

うちではみんな元気にやっている。不景気だといいながら、とうさんはあいかわらず残業をたくさんこなしているみたいだ。かあさんはパートでばりばり働きながら、ミズハとぼくの面倒を見ている。ミズハは新しい小学校で友達ができたそうだ。

ぼくもミズハも家事がずいぶん上手になった。ぼくはかなり料理の腕をあげたと思う。火加減と塩加減については自分なりのカンが身についた。得意技はレタスと牛肉とジャコいりチャーハン。冷めてもおいしいからミズハの遠足の弁当にいれてあげたこともある。

かあさんがたまの日曜日にとうさんとのデートに出かけるときは、だからぼくが料理している。出かけるまえのかあさんの化粧時間はけっこう長い。外の鉄の階段を駆けおりるときの足音が弾むようで、正直やってらんないなあと思うこともある。

終わらないんじゃないかと思った今年の梅雨が明けたのは、八月にはいってからだ。でも本格的な夏とはほど遠かった。毎日薄曇りで最高気温はせいぜい二十八度止まり。

八月九日の日曜日、ぼくはひとりで電車に乗って常陸県の北部にある海沿いの街にいった。その施設まで駅からバスで四十五分かかった。バス停のまえに丸太でつくられた門が建っている。右側の柱に「常陸北家庭学校」と手彫りのヒノキの看板がさげられていた。柱のわきはどこまでも緑の金網フェンスが続いている。なかにはいるといろいろな種類の菜園が広がっていた。ジャガイモ、タマネギ、キュウリ、トマト、ピーマン、カボチャ。ぼくはよく手いれされた畑の様子を見ながら、三軒並んだ木造のおおきな平屋の建物にむかった。八月の冷たい風が吹いていた。湿った風は海の匂いがする。

受付で面会票に自分の住所と名前を書きこんだ。そのしたは面会相手との関係に丸をつける欄だ。最初に「家族」の文字が印刷されていた。ぼくはその言葉をゆっくりと鉛筆で囲んだ。

面会室に通された。でも遠くに海が見える窓には金網もはまっていないし、透明な仕切り板もない。六畳くらいの広さの普通の部屋だった。中央には分厚いアカマツの天板の机と椅子が二脚置かれていた。ぼくは椅子に座ったまま、十五分待った。

ぼくがはいって来たのと同じドアが開いてカズシが先生に連れられてきた。先生はドアのところで帰ってしまう。カズシは灰色の工場の制服のようなものを着ていた。マッシュルームカットは短めの坊ちゃん刈りになっている。弟は海を背にして椅子に座った。日に焼けた健康そうな顔にむかって、ぼくはいった。

「元気」

「うん、元気」

「今日は伝えたいことがあって来たんだ」

以前よりずっと明るくなったカズシが不思議な顔をする。

「ぼくも夜の王子が誰かわかったよ。それから、あの王子は死んだ。かわいそうな最後だったけど、これでミズハに心配はなくなった」

カズシはちょっと驚いた表情になる。それから、笑顔を浮かべる。

「それはよかった。でも、もうあんな王子なんてどうでもいいんだ。ぼくはこの施設に来てよかったよ。ここでは、朝起きてから夜寝るまでやることがすべて決まってるんだ。自分の頭で考えることないし、すごく楽だ。それでわかったんだ。ぼくは人に命令されて動く人間だ。正しいことをきちんと決められてこなしていくほうが、誰にも迷惑をかけないからいいんだって」

カズシは明るく笑った。心のなかが真空になるような気がした。ぼくのまわりの空気がどんどん薄くなっていく。

「いってみれば、ぼくは昔は悪いロボットで、今は正しいプログラムで動くロボットだ。機械はいいね。人間よりぜんぜんいい。ぼくはこの学校を出たら工学の勉強をしたいな」

そういうとカズシは左の手首に巻いた数珠にさわった。かあさんの贈り物。ぼくは思いきって聞いてみる。

「事件のことは考えるかい」

「ときどき考える。思いだすとすべてが熱いお湯のなかで起こったみたいだ。すべての感覚がすこしずつ歪んでる。あれはぼくなのかな、松浦さんなのかなって思うよ。でもきっとすべてぼくなんだね」

その言葉のあいだ、ぼくはひたすらカズシの目を見ていた。言葉がすすむにつれて目が深く澄んでいく。松浦くんの最後を思いだした。濡れたビー玉みたいな目。深淵を映す目。

急に恐ろしさに襲われてぼくは話題を変えた。家族の近況を伝える。でもカズシにはあまり関心がないようだった。カズシが好きだった本や映画の話をした。

「あんなものはすべてつくりものだ。もういいんだ」

カズシは誰かに決められた現実以外には関心がむかないようだった。これが児童の自立を支援する施設か。がちがちに生活をしばって自分の頭ではなにも考えられなくする。夜の王子のつぎに、誰が空っぽの頭に息を吹きこむのだろうか。

最後にかあさんとミズハからの手紙と、チョコレートやキャンディがはいった包みを渡した。カズシが目を輝かせる。

「ここじゃ甘いものはいつだって不足してるんだ。ありがとう」

カズシはまた先生に連れられて出ていった。カズシが去ったあとの窓に、鈍い灰色の空と海が残っていた。かあさんとミズハといっしょにいったお台場の海を思いだす。

諦めちゃいけない。ぼくは決心したはずだ。いつか灰色の港に着く日まで、あの灰色の海を力の限り漕ぎ続けると。

一度だけの面接で、弟を海に投げ捨てるわけにはいかなかった。

八月の一週目、クスノキの集会は復活した。ぼくたち三人は、冷たい風が吹く夏の夜を、こたえのない質問や笑うしかない現実の話をしてすごした。樟脳の爽やかな香りに包まれて、十四歳でまわりに大人たちの姿がなく、しかも暗い夜だから夢中になれるようなバカなことばかりしゃべり散らした。

一度クスノキ会議の県外研修ということで、東京の原宿に開催場所を移したことがある。ぼくの右手にはジーンズの上下のはるきがいる。左手には黒いミニのワンピース姿の長沢くんがすましている。竹下通りの夏祭りみたいな人波のなか、はるきがいった。

「よかったね、ジャガ。私たちみたいなかわいい子ふたりに囲まれてさ。へへ、いつまでもこんな幸せが続くと思うなよ」

そういい終わると、なぜかはるきはぼくの背中に飛びひざ蹴りをする。けっこう痛かった。

長沢くんはいつものようにクールにほほえむだけだ。

でも、すくなくともぼくは知っている。この幸せがあと永遠の半分は続くってことを。なにせ夏休みはまだ、二十日以上も残っているんだから。

解　説

五十嵐律人

「亡くなった九歳の女の子と同じように、あの少年Aの兄も奥ノ山事件の被害者だった」

加害者家族も、被害者である。本書が単行本で刊行された一九九九年当時、この一文を書くには、相当の覚悟が必要だったのではないかと想像する。九〇年代後半と聞いてピンときた方もいるはずだが、二年前の一九九七年に、名実ともに少年犯罪史に大きな影響を与えた、神戸市連続児童殺傷事件（酒鬼薔薇事件）が起きているからだ。

本書で中心的に描かれる殺人事件と、神戸市連続児童殺傷事件の間には、被害児童や加害児童の特性、犯行態様、犯行後のパフォーマンスといった多くの点で類似性が認められる。もちろん、偶然に似通ったわけではない。〝あの事件を別の角度から見ることはできないだろうか？〟という思いで本書を書き上げたと、著者はインタビューで答えている。

著者が見せようとしたのは、どの角度から照らした光景だったのか。

事件当時、私は小学校低学年だったので、リアルタイムで社会の反応をうかがうことはできなかった。だが、加害者家族側に焦点を当てながら、さらに彼らを被害者として扱おうとする報道は皆無に近かったはずだ。なぜ、そのように言えるのか。答えは単純で、事件から二十年以上が経過し、個々人の人権意識が高まった現在においても、加害者家族——特に少年事件の加害者家族は、社会の厳しい視線に晒され続けているからである。

本書を読み進めれば、加害者家族から見た事件の光景が、克明に描かれていることに気付くだろう。そして、その観測者を親ではなく、少年Aと同じ目線に立つ中学生の兄に設定することで、物語に青春小説としての深みがもたらされている。

前置きはこれくらいにして、内容について触れていきたい。

本書において舞台とされているのは、日本の科学技術振興の中心として、国家プロジェクトで生まれた『科学の街』。豊かな自然環境と多数の研究施設が併存するニュータウンで、失踪していた九歳の少女の凄惨な遺体が発見される。

死因は窒息死。遺体はロープで吊り下げられ、両乳頭部に咬傷が認められた。そして現場には、スプレー塗料を用いたサインと、さらなる犯行を仄《ほの》めかすメッセージが残されていた。

ニュータウンを騒然とさせた殺人事件は、男子中学生——三村和枝の補導によって一応の決着を迎える。事件当時十三歳であった和枝は、刑事未成年者として刑罰を科されず、少年院送致も免れて、児童自立支援施設送致という軽微な保護処分が下される。

少年法の限界を露わにするかのような犯行と、生じた結果と釣り合わない処分。衝撃が、恐怖が、怒りが、憎しみが。地域を越えて、社会全体を駆け巡る。そして、行き場を失った負の感情が、加害者家族に容赦なく襲い掛かっていく。

なお、先にも述べたとおり、本書の単行本は一九九九年に刊行された。そこで、二十年以上が経過した現在において、仮に同様の事件が起きた場合の処遇を、若干補足しておく。

神戸市連続児童殺傷事件の発生をきっかけに、少年法は厳罰化の一途を辿っている。二〇〇〇年に刑罰の対象年齢が十六歳以上から十四歳以上に引き下げられ、また、二〇〇七年には少年院に送致できる年齢の下限が十四歳からおおむね十二歳に引き下げられた。したがって、事件当時十三歳の少年には、現在においても刑罰を科すことはできないが、少年院送致は認められる。

話を戻そう。本書では、本文の四分の一程度で、犯人の名前や犯行態様の大部分が読者に明かされる。加害者家族から見た事件の光景を深掘りするために、犯人当てというミステリーの装飾を早々に切り離しているのだ。その潔い決断によって、本書における謎解きの主眼は、十三歳の少年Aが殺人を犯した動機の解明に収斂される。

整った顔立ちの和枝は、モデル事務所に所属する九歳の妹と共に、〝うつくしい子ども〟として裕福な家庭で育てられてきた。そのような〝恵まれた〟環境にいる少年Aが、どうして妹と同い年の少女の命を奪い、社会を恐怖に陥れたのか？

そんな少年Aの心の闇を解き明かしていくのは、一つ上の兄――三村幹生である。容姿端麗な弟や妹とは異なり、幹生の顔立ちは地味で頬のニキビが目立ち、学校ではジャガとあだ名で呼ばれている。植物観察が趣味で、物事を冷静に客観視できる。これらの人物設定が巧みに描写され、真相を模索する忍耐力や洞察力が説得力を帯びている。

私は本書を読み進めている途中、和枝が凶行に走った理由を幹生が探ろうとするのは、不安をかき消すためだと思っていた。

容貌に違いはあっても、幹生と和枝は一歳しか年齢が変わらず、家庭も学校も共通する環境で育ってきた。一歩間違えれば、自分も弟と同じ過ちを犯してしまうのではないか。そう不安になったのではないかと想像したのだ。

しかし、幹生は次のように考える。

「カズシはこれからもずっとぼくの弟なんだから、いくら時間をかけたってかまわない。すくなくとも自分で納得できるまで、カズシの気持ちや心の動きを調べてみよう。それが最悪のおこないでも、誰かがわかってやる必要があるのではないか。そうでなければ、犯罪をおかした人は一生ひとりぼっちになってしまう。最低の人間だって、誰かがそばに寄り添ってあげてもいいはずだ。それがぼくの弟ならなおさらじゃないか」

寄り添うために、ひとりぼっちにさせないために、罪を犯した弟の気持ちを理解したい……。ひたむきな決意に胸を締め付けられた。

和枝が事件を起こしたことで、父親と母親は離婚し、引っ越さざるを得なくなり、周囲から心無い言葉を向けられ、あらゆる環境が一変した。

十四歳の少年が背負うには、あまりに重すぎる。それでも幹生は、自らの不幸を嘆くのではなく、友人や家族に降りかかる悲しみに心を痛めながら、事件について調べていく。ページを捲るほどに、幹生を応援する気持ちが強くなる。

ここまで健気な探偵が、かつていただろうか。

作中では、少年を取り巻く多くの大人が登場する。その中でも特に重要な役割を担っているのが、童顔の新聞記者――山崎邦昭である。幹生の一人称と山崎の三人称を切り替えながら描くことで、事件の全体像が多角的に明らかになっていく。

山崎は新聞記者として被害者に寄り添い、幹生は少年Aの兄として加害者に寄り添う。そんな対立構図が浮かび上がりそうになるが、著者の思惑とはおそらく異なる。なぜなら、冒頭で引用した少年Aの兄を被害者とみなす考え方は、山崎の視点で描かれたものだからだ。

報復被害をもたらす過剰な報道に疑問を抱く山崎、被害児童の墓前に野山で見繕った花束を手向ける幹生。行動の端々に、彼らの人間味が滲み出ている。

物語の終盤。山崎と幹生は、それぞれ重大な決断を迫られる。彼らが選択するのは、置かれた立場とは相容《あいい》れないはずの結論だった。それなのに私は納得するしかなかった。決断に至るまでの過程や考え方が、二人の視点でしっかり描き切られているからだろう。

「いつか灰色の港に着く日まで、灰色の世界を力の限り漕ぎ続けよう」

幹生が物語の中盤でした決心を、読者は本を閉じる直前に改めて振り返ることになる。家族のために、少年Aになった弟のために、命を奪われた少女のために、自分にできることはないか。考え続ける中で、幹生の目に映る世界は灰色に染まってしまう。

それから幹生は、灰色の船を力の限り漕ぎ続ける。最初は、幹生一人しか乗っていなかった。けれど、苦難の航海になると分かっていながら、自らの意思で乗り込んでくる友人がいた。学級委員の少年、図書委員の少女、車椅子に乗る少年……。ただ幹生に手を差し伸べるのではなく、彼ら自身も秘密を抱えていて、時に傷つき時に笑い合いながら灰色の船を共に進めていく。

これだけ重い事件を扱っているのに、爽やかに思い悩み、無鉄砲に動き回る彼らを見ていると、その眩しさに目がくらむ。くすんだ灰色の世界でも、確かに青春の色合いが感じ取れるのだ。

丁寧な筆致で紡がれていく微《かす》かな希望に、何度も心を奪われた。

もちろん、希望だけが描かれているわけではない。少年Aの心の闇に触れた幹生は、ある人物と対峙して、灰色の世界すら失ってしまいそうになる。想像もしていなかった終着点に辿り着いた読者は、ミステリーとしての驚きと切なさを同時に味わうことになるだろう。

一連の事件を経て成長した幹生は、少年Aになった弟と対面する。そこを灰色の港とみなしてもよかったはずだ。しかし幹生は、「あの灰色の海を力の限り漕ぎ続ける」と改めて決心する。弟を海に投げ捨てるわけにはいかないのだと。幹生の心のうつくしさに、言葉を失った。

本書の単行本刊行から二十年以上が経ち、少年を取り巻く情勢は大きく変わった。何が変わり、何が変わっていないのか。何を変えなければならないのか。

令和という新たな時代を迎えた今だからこそ、少年にも、かつて少年だった大人にも、手に取っていただきたい一冊である。

（作家・弁護士）

単行本　一九九九年　文藝春秋刊
文庫初版　二〇〇一年　文春文庫
（本書は右文庫の新装版です）
文中の表現は、刊行当時の一般的な用語を
使用しています。
DTP制作　エヴリ・シンク

文春文庫

うつくしい子《こ》ども

定価はカバーに
表示してあります

2021年5月10日　新装版第1刷

著　者　石《いし》田《だ》衣《い》良《ら》
発行者　花田朋子
発行所　株式会社 文藝春秋

東京都千代田区紀尾井町 3-23　〒102-8008
TEL 03・3265・1211(代)
文藝春秋ホームページ　http://www.bunshun.co.jp

落丁、乱丁本は、お手数ですが小社製作部宛お送り下さい。送料小社負担でお取替致します。

印刷製本・凸版印刷

Printed in Japan
ISBN978-4-16-791694-7

（　）内は解説者。品切の節はご容赦下さい。

石田衣良
池袋ウエストゲートパーク

刺す少年、消える少女、潰し合うギャング団……命がけのストリートを軽やかに疾走する若者たちの現在を、クールに鮮烈に描いた人気シリーズ第一弾。表題作など全四篇収録。（池上冬樹）

い-47-1

石田衣良
少年計数機
池袋ウエストゲートパークⅡ

他者を拒絶し、周囲の全てを数値化していく少年。主人公マコトは少年を巡り複雑に絡んだ事件に巻き込まれていく。大人気シリーズ第二弾、さらに鋭くクールな全四篇を収録。（北上次郎）

い-47-3

石田衣良
骨音
池袋ウエストゲートパークⅢ

最凶のドラッグ、偽地域通貨、ホームレス襲撃……さらに過激なストリートをトラブルシューター・マコトが突っ走る。現代の青春を生き生きと描いたＩＷＧＰ第三弾！（宮藤官九郎）

い-47-5

石田衣良
電子の星
池袋ウエストゲートパークⅣ

アングラＤＶＤの人体損壊映像と池袋の秘密クラブの関係は？マコトはネットおたくと失踪した親友の行方を追うが…。「今」をシャープに描く、ストリートミステリー第四弾。（千住　明）

い-47-6

石田衣良
赤《ルージュ》・黒《ノワール》
池袋ウエストゲートパーク外伝

小峰が誘われたのはカジノの売上金強奪の狂言強盗。だが、その金を横取りされて…。池袋を舞台に男たちの死闘が始まった。シリーズでおなじみのサルやＧボーイズも登場！（森巣　博）

い-47-7

石田衣良
反自殺クラブ
池袋ウエストゲートパークⅤ

今日も池袋には事件が香る。風俗事務所の罠にはまったウエイトレス、集団自殺をプロデュースする姿なき〝クモ男〟――。切れ味がさらに増したＩＷＧＰシリーズ第五弾！（朱川湊人）

い-47-9

（　）内は解説者。品切の節はご容赦下さい。

石田衣良
灰色のピーターパン
池袋ウエストゲートパークⅥ

池袋は安全で清潔なネバーランドじゃない。盗撮画像を売りさばく小学五年生がマコトにＳＯＳ！　街のトラブルシューターの面目躍如たる表題作など全四篇を収録。（吉田伸子）

い-47-10

石田衣良
Ｇボーイズ冬戦争
池袋ウエストゲートパークⅦ

鉄の結束を誇るＧボーイズに生じた異変。ナンバー2・ヒロトがキング・タカシに叛旗を翻したのだ。窮地に陥るタカシをマコトは救えるのか？　表題作はじめ四篇を収録。（大矢博子）

い-47-11

石田衣良
非正規レジスタンス
池袋ウエストゲートパークⅧ

フリーターズユニオンのメンバーが次々と襲われる。メイド服姿のリーダーと共に、格差社会に巣食う悪徳人材派遣会社に挑むマコト。意外な犯人とは？　シリーズ第八弾。（新津保建秀）

い-47-14

石田衣良
ドラゴン・ティアーズ——龍涙《りゅうるい》
池袋ウエストゲートパークⅨ

大人気「池袋ウエストゲートパーク」シリーズ第九弾。時給300円弱。茨城の〝奴隷工場〟から中国人少女が脱走。捜索を頼まれたマコトはチャイナタウンの裏組織に近づく。（青木千恵）

い-47-17

石田衣良
ＰＲＩＤＥ——プライド
池袋ウエストゲートパークⅩ

四人組の暴行魔を探してほしい——ちぎれたネックレスを下げた美女の依頼で、マコトはあるホームレス自立支援組織を調べ始める。ＩＷＧＰシリーズ第1期完結の10巻目！（杉江松恋）

い-47-18

石田衣良
憎悪のパレード
池袋ウエストゲートパークⅪ

ＩＷＧＰ第二シーズン開幕！　変容していく池袋、でもあの男たちは変わらない。脱法ドラッグ、ヘイトスピーチ……続発するトラブルを巡り、マコトやタカシが躍動する。（安田浩一）

い-47-21